# 我的幸福婚約

六

顎木あくみ

輕文學
Light Literature

# 目錄

序章 005
第一章 白雪紛落之路 009
第二章 深入內心 077
第三章 落幕的夢境彼端 125
第四章 第一次 193
終章 245
後記 250

## 我的幸福婚約　登場人物介紹

### 久堂清霞
名門久堂家的當家，亦為帝國陸軍對異特務小隊隊長。是當代能力頂尖的異能者。

### 齋森美世
成為清霞的未婚妻後，初次體會愛情。擁有名為「夢見之力」的罕見異能。

**五道佳斗**
隸屬對異特務小隊，是清霞忠實的下屬。

**辰石一志**
辰石家當家，破解術法的天才。

**薄刃新**
美世的表哥，同時也是薄刃家當家的兒子。

**堯人**
皇太子。擁有天啟的能力。

**齋森澄美**
美世的生母。已故。

**甘水直**
異能心教的祖師，亦為澄美的前未婚夫候選人。

**久堂正清**
前任久堂家當家。清霞之父。體弱多病。

**久堂芙由**
清霞與葉月之母。個性高高在上。

**久堂葉月**
清霞之姊。育有一兒。

**由里江**
久堂家的幫傭太太。連清霞都必須敬她三分。

# 序章

沉重鬱悶的空氣，積累在這片比夜晚更加深邃的黑暗之中。

異能遭到封印的清霞，被關進位於帝國軍本部牢房大樓的地牢最深處。這裡聽不到任何聲音、照不到半點陽光、只有來自照明設備的微弱光源。

在宮殿被冠上莫須有罪名的那個當下，清霞身邊有太多必須守護的存在。無法逃跑、也無法反擊的他，只能老老實實地被逮捕。

他沒有機會接受偵訊或訊問，也沒有經過法律裁決。

甘水基本上只是想把他當成誘餌。因為這樣的奸計，清霞受了點皮肉痛之後，就被關進這個地方。

牢房所在的這個地底通道，除了泥土氣味外，還充斥著有機物、無機物等各種東西腐朽後混合在一起的味道。

在不分晝夜都很昏暗的這個牢房裡，時間流逝的感覺變得相當模糊。被關進來的前三天，清霞原本還試著掌握時刻，但他隨即發現這麼做毫無意義，所以也就放棄了。

於是，不知為何……

不可思議的是，浮現在腦海中的，竟是至今那些平凡無奇的日常生活。

（美世現在在做什麼呢？）

清霞憶起聽到他單方面的告白後，未婚妻潸潸淚下的臉龐。

儘管發誓要守在她的身旁，他還是丟下了不安害怕的她、恐懼哭泣的她。

不用說，清霞當然設想過這樣的情況，也為此做好了準備。只是，在實際面對過後，強烈的無力感和無止盡的後悔仍籠罩了他。

這樣的清霞，沒有資格指責別人——例如那個選擇加入異能心教的男人——畢竟他也同樣違背了誓言。

為了美世而採取的所有行動，或許也是一樣的。

讓清霞維持清醒和理智的，是她在那些平凡日常之中的身影。

忙著下廚的她、每天早上在玄關目送自己出門的她、為了打掃家中的高處而努力踮起腳的她、為了稀鬆平常的事物而雙眼閃閃發光的她。

對清霞展露，宛如花苞初綻那樣令人憐愛的笑容。

輕巧細膩顯現出美世本人性格的一舉一動。

就連這些都讓清霞覺得可愛、愛憐不已。她的存在足以溫暖他的心，她是在黑暗之中引領清霞意識前行的光芒。

一開始，清霞壓根兒沒想過自己也會有陷入這種心境的一天。

美世想必認為自己總是被給予的一方，但她其實也給了清霞很多很多。

打從兩人相遇以來便一直是如此。

跟美世在一起，讓清霞明白那些被自己視為理所當然的事物，其實並非那樣。日常生活中發生的一些小事，也開始令他感到幸福且心存感激。

身為異能者的義務和軍人的職責，總是重重壓在清霞的肩上。對這樣的他來說，這種溫暖的感覺既新鮮又無可取代。

啊啊……真想早點回到她身邊。

（——不行，不能有這樣的渴望。）

清霞感受著來自地面的冰冷觸感，然後搖了搖頭。

他想離開這裡，想回到以前的日常生活。

愈是湧現這樣的企求，愈會讓自己進一步被黑暗吞噬；愈是去想像那恐怕已經跟自己無緣的未來，愈會讓他的心沉入漆黑的沼澤之中，再也找不到回來的路。

這個設施便是一個這樣的地方。遂行軍人的職務至今的清霞，很清楚有不少人因為這樣而身心崩潰。

因此，待在這裡的時候，絕不能對未來有所期待，不能渴求任何事物。唯一能夠思考的，就只有過往回憶。

話雖如此，清霞並不打算無所事事地待在這裡，僅靠發呆來打發時間。

他憑著身體的感覺，舉起被鎖鍊限制自由而疼痛不已的雙手，然後開始結印。

下一刻，他事先準備好的術法跟著發動。

雖然清霞目前是能力遭到封印的狀態，無法發動異能或術法，但如果只是啟動事先設置在外頭的術法，對他來說輕而易舉。

（美世……）

清霞認為自己應該還算了解她。

現在的美世，就算被清霞要求安分地在家裡等待，恐怕也不會乖乖照做。她想必會為了做點什麼而採取行動。

儘管現實無法盡如己意，但只要對方是美世，他就覺得自己能原諒這一切。

因為，原本連自己的心意都無法好好以口頭表達出來的她，終於變得能夠主動採取行動了。

在昏暗的牢房中，清霞緩緩閉上眼，思念摯愛之人。

# 第一章　白雪紛落之路

美世在被染成一片銀白色的人工鋪造道路上前進。每踩下一步，靴子底部就會發出尖銳的吱吱聲。

時值冬季早晨，天空宛如帶著白色泡沫捲來的浪濤那樣逐漸變得明亮。美世獨自一人走在前往帝國軍本部的路上。冰冷的空氣讓她呼出的氣息變得一片白茫茫。

路上的行人數量少得令人吃驚，大概是偶爾會跟一、兩個人擦肩而過的程度。雖說現在是一大清早，但這是美世初次目睹帝都街頭如此冷清的光景。

彷彿整座城市都屏息躲起來似的。

異能心教的作為，讓異形的存在於世間曝光。不安的氛圍緩緩擴散開來，在不知不覺中侵蝕人們的心。被白雪掩埋的路面，也讓步行者走起來更加吃力。

美世能理解人們不願外出走動的心情，但眼前這片寂靜實在顯得太不自然。

關於甘水在帝國軍本部和宮殿發動政變一事，一般的帝國人民應該還不知情；不過，某種巨大的變化出現——像這樣隱約帶著肅殺之氣的氛圍，老百姓或許也感受到了。

「呼……」

美世停下腳步，搓揉在手套裡頭凍僵的雙手指尖。她轉頭望向身後，路面完好的積雪上，只有她一人走來的腳步。

現在的她，完完全全是孤單一人。

雖說是自己選擇了這條路，但她是瞞著葉月這麼做。此外，就算想找對異特務小隊成員幫忙，他們目前也是行動處處受限的狀態，沒人有餘力協助魯莽行事的她。

同時，美世也做好了「不能把任何一個人捲入」的覺悟。雖然要是清霞在，她會不假思索地依賴他就是了。

因此，即使明白此舉過於魯莽，她也只能獨自前進。

美世轉身面向前方，繼續在積雪的道路上邁開步伐。愈是靠近目的地，她愈是覺得彷彿連心臟都要被凍結。

美世能做的事情相當有限，然而，她不認為自己什麼都做不到。

既然甘水的計謀很明顯是針對她一人，直接闖入那個男人的大本營，伺機將清霞救出來，便是她所能採取的最實際的做法。

又持續前進片刻後，美世終於來到通往帝國軍本部正門的大馬路。

不過，她沒有馬上朝大門走去，而是躲在附近的建築物陰影處觀察情況。

（一、二、三……）

儘管周遭不見其他行人，本部外頭卻是高度戒備的狀態。幾名表情相當嚴肅的陸軍軍人，正沿著圍繞腹地的高牆往來巡邏。

美世在內心輕數他們的人數——目前所見的範圍之中有三人。

他們是甘水麾下的士兵嗎？又或者只是單純服從上頭的命令執行公務而已？光是這樣看，美世無從判斷。

倘若甘水有交代他們什麼，只要美世上前自報名諱，或許就能直接被帶到甘水跟前。

相反的，要是他們一無所知，美世就只會被擋下來，不得其門而入。

如果是後者，她就得想辦法強行闖入。

（……不要緊，我做得到。）

感受著體內湧現的異能，美世的身子變得有些僵硬。

方法是有的。只要美世使用夢見的異能，就能讓對方浮現睡意，再將他們拖入夢境之中。

不過，說總是比做容易。這並不是什麼方便的能力，想一口氣讓多數人睡著也相當困難。要是對方試著抵抗睡意，就會以失敗告終。

想成功的話，就必須看準大門敞開的時機，在當下迅速對那三人施展異能；這樣一來，就算無法成功讓他們睡著，也能趁那三人和睡魔奮鬥時衝進大門另一頭。只有這個方法了。

得出這樣的結論後，美世開始集中精神，專注地觀察大門周遭的動態。

「咦？」

片刻後，察覺有人從後方拉扯自己衣袖的美世，不禁輕輕叫出聲。

「是……是誰……？」

慌慌張張轉身的她，因為映入眼簾的光景而愣在原地，原本在腦中盤算的各種計畫，也在這個瞬間徹底消散。

一雙平靜如止水的眸子，從美世肩膀下方的高度仰望著她。

站在她面前的——是個看起來不到十歲、身型纖細的稚嫩少年。

在逐漸升起的朝陽照耀下，他一頭及肩的淺褐色髮絲，看起來有些接近金髮；他的眼珠是有些黯淡的藍色；白皙透明的肌膚，讓他看起來幾乎和被白雪覆蓋的路面融為一體。

少年宛如西洋進口的陶瓷娃娃那般美麗的中性面容，讓美世有種似曾相識的感覺。

不過，更令她吃驚的，是少年的穿著打扮。

即使穿上禦寒衣物，還是抵擋不了強烈寒意的這個冬天早晨，少年竟然只穿著一襲白色長袖襯衫和一條格紋長褲，沒有披上外套，更沒有用圍巾或手套保暖。

光是看著這樣的他，就令人冷到直打哆嗦。

「咦……那……那個……」

他是從哪裡來的孩子呢？附近看不到他的父母或家人的身影。

不習慣和幼童相處的美世，戰戰兢兢地在原地蹲下來詢問少年。

「那個……你迷路了嗎？」

盯著少年美麗的眸子這麼問時，美世察覺到那跟自己再熟悉不過的某雙眼睛一模一樣。

（跟老爺……一樣……）

不只是眼睛，髮色和膚色偏淺的特徵，還有少年的面容。

在近距離之下觀察，可以發現少年的外型感覺就像是年幼的清霞。清霞的髮色和瞳色遺傳自母親，所以，這名少年或許是美世的婆婆芙由娘家那邊的親戚。

然而，美世不曾聽說帝都裡住著這樣的親戚。更何況，就算是親戚，外表有可能如此神似嗎？

真要說起來，清霞的樣貌其實和他父親較為相似。

就在美世忍不住陷入沉思時，原本無語的少年終於開口。

「不要直闖帝國軍本部。」

他的發言讓美世吃驚得僵在原地。

儘管嗓音一如少年的稚嫩年紀那樣高亢，但他說話的語氣，卻像平常的清霞那樣直接而強硬，跟年幼的外貌格格不入。

怎麼會有這種事情呢？

美世竟然在這種地方，湊巧遇上了樣貌和清霞相似，又用如同清霞語氣說話的少年。

（老爺……）

美世垂下頭。她記憶中的清霞的身影，陸陸續續浮現在積雪被抹去的路面，然後又一一消失。

她感覺眼淚快要掉下來了。其實，要獨自前往甘水所在的地方，真的讓她相當不安，彷彿自己隨時有可能在下個瞬間崩潰。

——好想依賴其他人，好希望有人來支撐自己。

美世數度將這些沒志氣的真心話嚥下肚。

她並非覺得自己變成什麼樣都無所謂。只是，由她獨自去見甘水的話，甘水理應會相當滿足；能夠讓他露出破綻的，想必就只有美世了。

無論有多麼不安，她都只能繼續前進。

美世以「現在可是在孩子面前呢」來鼓舞自己，試著重新振作後，再次望向眼前的少年。

「為什麼不能到帝國軍本部去呢？」

聽到她這麼問，樣貌和清霞神似的少年皺起眉頭。

「因為很危險，獨自前往是很輕率的行為。」

少年看起來似乎對當下的狀況一清二楚。看到他這樣的反應，即使是美世，也能猜到這名少年想必跟清霞有什麼關連。

（可是……）

不管怎麼看，他都是個普通的、活生生的年幼男孩。

跟著新學習異能相關知識時，他曾說過優秀的術師，甚至能打造出跟一般生物沒兩樣的式神。難道是這麼一回事嗎？

這麼想之後，望向少年的美世，從他身上隱約察覺到一般人類不會有的某種異樣感。

「你是老爺的式神嗎？」

美世沒有特別懷抱期待而問出口，沒想到少年意外坦率地回以肯定的答案。

「沒錯，我是聽令於久堂清霞的式神……所以，這是吾主的意旨。」

或許是重現了清霞少年時代樣貌的式神，望著美世篤定地這麼回答。

——清霞想阻止美世的行動。

最後那個離別的瞬間，在聽到清霞囑咐後，美世心裡其實也有數——他希望美世在家裡等他回來——而美世其實也應該乖乖聽他的話才對。

「不管老爺怎麼說，我都要去帝國軍本部，直接去見甘水直。」

美世不能讓事態繼續拖延下去，她不想只是一味地依賴清霞的溫柔。

清霞必須以軍人、以異能者的身分踏上戰場；即將成為他的妻子的美世，早在很久以前，便做好只能在家靜待清霞歸來的覺悟。然而，他們現在所面對的，並不單純是異能者之間的紛爭。

這是跟美世本人密切相關的問題。因此，她無法完全交由他人負責，也不該這麼做。

倘若美世也有能夠做到的事，倘若在困難關頭相互扶持，才是夫妻這種關係的真諦，那麼，必定有美世必須靠自己的雙手成就的事情。

「別去，絕對去不得。」

「不，我要去。我現在多少能施展異能和術法了，所以勝算並不低。」

美世按捺住內心深處的不安，以堅定語氣回應少年。

「別去。」

「我要去。」

「去待在宮殿或姊姊家，乖乖讓其他人保護妳。」

「不，我做不到。」

看到跟清霞有著相同樣貌的少年如此懇求，美世腦中閃過清霞被帶走前，向她傾訴「我愛妳」的那張憂鬱面容，決心也因此動搖。

因為懦弱，她沒能及時回應他的心意。這讓美世後悔莫及，焦躁地想著下次一定要確實將自身心意傳達出去。

「必須由我去跟甘水直談判，否則，大家一定都無法繼續往前。」

包括甘水、薄刃家、美世，以及從她身邊離開的新在內。

大家只會被薄刃的家規，以及澄美之死繼續束縛著。

倘若薄刃家今後打算朝嶄新的方向邁進，那麼，跟甘水相關的問題，就不該從頭到尾都丟給清霞去想辦法。

不能只有她以不關己事的態度旁觀這一切。

「那邊的女人！」

正忙著跟清霞的式神對話時，聽到有人這麼呼喚，美世才慢半拍地發現一名警衛兵來到她的後方。

「妳是一般民眾？沒有要事的話，就馬上離開這裡。」

軍人以懷疑的眼光望著美世說。

現在，或許應該試著老實報上名諱，看對方會不會直接領著自己去見甘水。

「那……那個，我是……」

正當美世打算向軍人表明自己的身分時——

「不行！妳過來！」

清霞的式神一把揪住美世的手。他的力道出乎意料的強，讓美世被拉得踉蹌了一下。

不過，比起這點，式神意外強硬的態度，更讓美世吃驚。

「走了！」

「等……等一下，我……」

美世好歹也是一名成年女性，但這樣的她，卻只能任憑小小的清霞拉著自己，快步往帝國軍本部的反方向走去。

一邊注意濕滑的路面，一邊被拉著走的美世，最後選擇乖乖跟著少年離開。

方才上前盤問的那名軍人，只是在原地目送他們離開，沒有再多問什麼。

從他沒有追上來這點來看，對方大概不曾從甘水那裡聽說美世的事。

兩人前進片刻後，小小清霞終於停下腳步，放開美世的手。

「妳在想什麼？妳打算怎麼跟對方介紹自己？」

「……我是久堂清霞的未婚妻齋森美世……這樣。」

看著美世以怯懦的態度老實這麼回答，式神重重嘆了一口氣。

「久堂清霞現在是罪犯。如果甘水不曾交代基層人員這方面的事情，跟對方說自己是他的未婚妻，只會讓妳變得更可疑。」

「話是……這麼說沒錯。」

感覺像是被清霞斥責的美世低垂著頭回應。

美世並非完全沒想過這樣的情況。

她已經做好覺悟，要是遇到這種狀況，就用異能強制對方睡下。剛剛才會靜靜窺探行動時機，也是基於這樣的想法。

只是，美世無法好好為自己辯解。

畢竟式神的判斷再中肯不過，即使並非完全沒有勝算，美世企圖採取的行動，確實是輕率又不夠周詳。

「……可是，我也只剩下這種……」

她想不到其他方法了。因為清霞要她乖乖等自己回來，就算找其他人商量，他們也只會要美世照清霞的話去做。

實際上，堯人便曾勸誡美世繼續留在宮中；而葉月的一舉一動，也能看出她想避免美世離開久堂家主宅邸的念頭。

要是自己也能像清霞那樣施展明顯具有高度殺傷力的異能，現在情況想必會有所不同吧。

「唉，就算叫妳回家，妳果然也不聽勸呢。」

聽到式神嘆著氣這麼說，美世用力點點頭。

只有這點她不能退讓。她不覺得自己有能力解決一切，不過，把清霞救出來，以及阻止甘水這兩件事，她責無旁貸。

「既然這樣，妳好歹多找一名幫手，或是先深入了解敵情再行動。」

「我……我該怎麼做呢？」

現在，美世實在想不到願意站在她這邊，有力量，又能在這個關頭自由行動的人。

而且，若是想要了解自己的敵人，直搗敵營難道不是最確實的做法嗎？

小小的清霞板著臉望向美世，一副像是想問她「妳真的想不到？」的樣子。

「妳可以去薄刃家走一趟吧？」

「啊……」

美世不禁睜大雙眼。這句話瞬間點醒她。

基於外祖父年事已高，美世原本覺得不能太依賴他；但仔細想想，甘水和選擇倒戈的新，根源同樣都是薄刃家。

以為自己已經在夢中見證了大部分真相的她，或許還是操之過急了。

下定決心要主動做些什麼後，美世便不顧前後、盲目地追求自身應為之事。她不禁為這樣的自己感到羞赧。

（我真的總是考慮得不夠多呢……）

美世用足以讓手套之下的雙手泛白的力道緊緊握拳。懊悔伴隨著羞恥的感覺一起湧現，讓她幾乎要掉下眼淚。

她只顧著一個勁往前衝，不曾冷靜下來好好觀察周遭。

「……對不起。」

「哼。」

聽到美世愧疚地道歉，有著年幼清霞樣貌的式神以鼻子輕輕哼氣，然後別過臉去。

在兩次深呼吸之後，美世褪下手套，以雙手的掌心用力拍打臉頰。一陣「啪」的清脆聲響，迴盪在人煙稀少、被白雪覆蓋的街頭。

「妳……妳這是在做什麼？」

看到美世突兀的行為，式神吃驚地圓瞪雙眼。因為拍得太大力，再加上冬天的冰冷空氣，她的雙頰痛到有些發麻。

不過，這樣就好。這能讓她重新振作起來。

美世忍著這短暫的刺痛感，拾起式神小小的手，為他戴上自己的手套。

「咦，這個……」

「沒關係的。讓你久等了，我們走吧。」

往前踏出一步後，美世轉頭望向式神這麼說。他露出些許困惑的表情，然後以小巧的步伐走到美世身旁，與她並肩前行。

◇◇◇

美世上次造訪薄刃家，已經是拜年那時的事情了。

因為適逢過年，大家全都忙成一團，她沒有時間好好跟外祖父義浪說話，也沒能在薄刃家逗留太久。

雖然外祖父要她把薄刃家當成自己家，但要在非特殊節日的時期拜訪，總讓美世有幾分顧慮，也難以付諸實行。

儘管這麼做沒有半點意義，美世還是不自覺地踮起腳，靜悄悄地朝大門走近，然後按下電鈴。

「妳來得好，美世。」

片刻後，親自走到玄關開門迎接她的外祖父義浪，朝美世露出有些悲傷……卻也十分和藹的笑容。

來自外祖父的溫情讓美世感到稍稍放鬆，眼眶也有些濕潤起來。

「妳一定很冷吧。屋子裡頭很暖，快進來。」

「……是。」

和寒冷空氣無關的某個原因，讓美世的鼻子一陣刺痛。她以略微哽咽的嗓音勉強擠出回應。

一如義浪所說，設置在客廳的火爐讓整個屋內相當溫暖，美世原本凍僵的身子也開始恢復熱度。

義浪領著她走進會客室。那是美世第一次造訪這個家時，讓她差點得和清霞分隔兩地的那個房間。

那時的她怎麼也沒想到，自己日後竟然會因為遇上棘手的問題，再次來到這裡和外祖父長談。

美世和式神在義浪對面的座位並肩坐下。

「那個……在過年之後，我就不曾來問候您了呢，外……外祖父。」

還不習慣稱呼義浪為外祖父的美世，此刻感到有些難為情。

義浪先是以溫和慈愛的眼神，望向略微垂下眼簾的美世，接著又朝在美世身旁不發一語的清霞式神投以犀利的視線。

「美世，妳身邊這位是？他的樣貌跟妳的未婚夫極為相似，難不成……」

義浪屏息頓了頓，然後瞬間瞪大雙眼，道出完全出乎美世意料的質疑。

「難不成……是久堂的私生子！」

「不是！」

有著年幼清霞樣貌的式神隨即從椅子上彈起身，同時怒聲反駁。

（私生子……）

義浪的發言，以及式神一反沉穩性格的激動態度，都讓美世相當吃驚，因此沒能及時做出反應。

情緒高漲的他，看起來宛如一隻炸毛的貓。

式神就是式神，並非清霞本人。然而，他現在卻脹紅著一張臉，看起來一副不知道是手足無措還是動怒的樣子。這是怎麼回事？

（不過，這的確不是不可能發生的事呢。）

美世壓根兒沒想過清霞可能會有私生子，但被義浪這麼一說，她也覺得這應該不是完全沒有可能。

清霞今年就二十八歲了。

一般來說，到了這個年紀的男人，已經成婚是理所當然，就算有個像式神這麼大的孩子，也不足為奇。

若是學生時代過著放蕩不檢點的生活……

雖然沒有當真，但美世覺得自己莫名能理解外祖父這番猜疑。式神轉動眼球瞪著這樣的她。

「我不是喔。」

「我……我知道。」

差點就要開始想像的美世，被式神這句話拉回現實後，連忙肯定他的說法。

她不願想像清霞和自己以外的女性生兒育女。要是真有這樣的事情，美世恐怕無法承受。

（我一定會湧現「他明明是屬於我的老爺……」這樣的想法吧。）

美世不得不承認，自己對清霞懷抱著一股無藥可救的獨占欲。

平靜觀察式神的反應後，或許是已經滿足了吧，義浪像是要安撫他那樣伸出一隻手制止。

「抱歉，老夫是開玩笑的。」

「有些事情可不能拿來開玩笑。」

為了恢復平常心，式神閉上雙眼，再次坐回坐墊上頭。

像這樣鬧彆扭的態度，很符合式神外觀上的年齡。覺得這樣的他很可愛的美世，嘴角也不自覺微微上揚。

「不過，你是式神對吧？還真是完美啊。」

聽到義浪語帶佩服的發言，被他細細打量的式神有些尷尬地轉頭望向身旁的美世。

「先不管這個……希望你能當美世的商量對象。」

關於整起事件，薄刃家目前了解多少？

感到些許迷惘的美世沉默下來。但最後，她判斷現在有必要從頭說明一切，於是便慢吞吞地將至今所發生的事娓娓道來。

甘水初次在她面前現身，甘水在那之後的企圖，甘水打算拉攏美世到自家陣營，清霞因此陷入窘境，但自己還有很重要的話沒能對他說。

「——我不知道老爺還能平安無事多久……我很擔心他，但又不知道有什麼方法……」

既然由清霞控制的式神還能行動，再加上甘水是為了引出美世才把他抓走，清霞應該不至於馬上會面臨生命危險。

即使明白這樣的道理，但甘水不知道何時會改變心意，所以現狀也不確定能維持多久。

他也有可能因為美世遲遲不現身而失去耐心，於是轉而對清霞下手。

美世對交疊在腿上的雙手使力。

在腦中空轉的不安讓她一直感到焦躁難耐。美世再次體認到這個事實。

在美世開口的這段期間，義浪從不曾插嘴。即使她說得斷斷續續，義浪也總會耐心等待她在停頓後再次開口。

美世不擅長說話。她沒能好好整理過的說明，一定讓義浪聽得很吃力吧。

儘管如此，好不容易說完之後，義浪以短短一句話回應她。

「是嗎……妳一定覺得很煎熬吧。妳有來這一趟真的是太好了，美世。」

「……」

美世的淚水溢出眼眶，自己為什麼沒早點來找外祖父商量呢？

沒有多餘心力、也無法好好冷靜下來的她，甚至連這麼簡單的做法都想不到。

「謝謝……您……」

「妳願意來投靠老夫，實在是太好了。老夫很開心。」

有好一陣子美世都說不出半句話。

不過，為了繼續和義浪商量，她仍努力試著抑制淚水，同時輕輕吸氣、吐氣。隨後，義浪朝她緩緩垂下頭。

「關於新的所作所為，老夫感到很抱歉。」

垂著頭的外祖父臉上的表情看起來相當煎熬，然而，雖說這一切都是薄刃家成員幹的好事，但美世同樣是薄刃家的血脈，而新也已經是老大不小的成年人。

這並非需要讓義浪湧現罪惡感，甚至為此賠罪的事情。

「不，只是，新先生他為什麼會……不對，甘水直也是。」

美世不自覺盯著在眼前泛著光澤的茶几表面看。

新總是相當為薄刃家和美世著想，只有這一點是毋庸置疑、百分之百可以相信的事。所以，美世原本以為新採取的每一個行動，都不可能讓她受到傷害。

然而，既然這樣，他會什麼會選擇加入甘水陣營？他的目的為何？這真的是他本人的決定嗎——美世無法明白新此舉背後的動機。

「新和直……都是因為薄刃至今的立場存在著太多問題，才會導致他們犯下過錯吧。老夫身為當家，卻沒能及時對應維新時代以來的潮流變化，一切都是老夫的責任。」

「怎麼會呢……」

在夢中遇見甘水時，美世聽他說過自身的想法。

或許，每個人都只是想盡到自己的職責罷了。無論是甘水、新、義浪，或是介入薄刃家和齋森家的天皇。

這些人可以說是用了錯誤的手段，或是想法過於自私自利。一旦與甘水對峙，美世也必須否決他那無法讓她所接受的主張。

但此刻，美世實在無法連他們的心情也一併徹底否定。

她抬起凝視桌面的視線，筆直望向義浪的雙眼。

「……可以請您告訴我，薄刃家過去——究竟發生了什麼事嗎？」

美世不覺得她能以自己的力量解決一切，她只是想阻止甘水。然而，光憑美世目前所知的真相，並不足以用來阻止他，向他的內心深處喊話。

要是無法動搖甘水的心意，美世就會反過來被捲入他的陰謀之中。式神先前想要表達的，或許就是這樣的意思吧。

「這個嘛，該從何說起比較好呢……」

思索片刻後，義浪這麼娓娓道來。

——打從年幼時期開始，名為甘水直的這個男人，便是個性情暴戾、不受管教的孩子。

對同年紀的其他孩童施展暴力，無故殺死狗、貓、鳥、魚等小動物，沒來由的殘忍衝動，總會不時在直的內心湧現。就算指派傭人在他身旁伺候著，只要直稍微不順心，傭人就得飽受一頓拳打腳踢。他是個讓大人們束手無策的問題孩子。

所謂屋漏偏逢連夜雨，之後，隨著潛藏在直體內的強大異能覺醒，再也沒有人制得住他。在異能者人數愈來愈少的這個時代，貴重的薄刃異能者的誕生，本應是一件值得欣喜之事才對。然而，再這樣放任直恣意妄為下去，總有一天會鬧出人命。

做出這樣的判斷後，薄刃家的大人們決定趁著直年紀還小，身為異能者的能力尚未成熟的時候，將他的異能封印起來。

在他們這麼做之前，澄美和直相遇了。

澄美是個個性開朗、有些愛多管閒事的女孩。她毫不在意地接近每天都在引發不同問題、讓大人們傷透腦筋的直，在他身邊照顧他。

一開始，這樣的她原本讓直厭煩不已；但面對總是設身處地替自己擔心，有時又會嚴厲斥責自己的澄美，直不知不覺敞開心房，變得相當依賴她。

伴隨這樣的心境變化，直也漸漸變得不會再動手傷害他人。

可以的話，沒人願意毀了一名珍貴的薄刃異能者。

被「是否擁有異能」這種實力至上主義束縛的天真大人們，認為直這樣的變化是件好事，因此遲遲沒有執行封印他的異能的計畫，就這樣任憑時光流逝。

澄美和直這兩人的關係，變得像是公主和臣子那樣的主從，又有如飼主和對其忠心耿耿的愛犬。

也因此，眾人模模糊糊地覺得這兩人日後應該會締結婚約，率領薄刃一族邁向未來，於是放下了戒心。

然而，天皇卻唐突地介入這兩人之間。

由薄刃的親戚經營，亦為薄刃家主要收入來源的貿易公司，營運狀況在這時開始走下坡。被天皇洗腦的齋森家，對薄刃家提出「齋森家可以提供資金援助，前提是必須讓澄美和齋森真一結婚」這樣的交換條件。

面對薄刃家的危機，一開始義浪和澄美——所有的薄刃家成員，無不竭盡全力，試著在不藉助齋森家援助的狀態下解決問題。然而，他們發現不管怎麼做，總會有人從中作梗，情況也因此遲遲未能好轉。

最後，在薄刃家完全無計可施的情況下，澄美不顧周遭的反對，執意嫁到齋森家。在成長後變得溫和老實許多的直，也是反對者之一。

他認為薄刃的血脈不應該外流，只讓澄美一個人犧牲太沒道理了，要滅亡的話，不如就讓整個薄刃家，所有的薄刃成員一起滅亡。

然而，他完全沒辦法說服澄美，她的心意十分堅定。

在無人能夠勸退澄美的情況下，最後，以義浪為首的薄刃家，逼不得已同意了這門婚事。

但直無法接受這樣的安排。

直到最後，他都聽不進澄美、義浪、薄刃家成員和雙親的安撫，甚至開始再次展露出昔日殘虐的性情，像是企圖破壞一切那樣背叛了薄刃家。

「——為了追查直的下落，我們動員了薄刃家所有人。然而，因為當時的薄刃家正面臨存續危機，再加上直是一名極其優秀的異能者，我們終究還是沒能找到他……」

義浪帶著不甘和悔恨的苦澀表情，此時又蒙上一層陰霾。

美世自然而然地將他道出的這些過往，和自己在夢中所見的甘水記憶中的光景對照。

平穩安詳的日子，以及突然籠罩了這段時光的黑影。

要是沒有天皇的奸計，甘水想必會一直陪在澄美身旁，過著扶助她前行的人生。

這樣看來，招致混亂現況的主因，其實可以說是天皇為求自保的行為。

過去發生的奧津城異變亦是如此。是天皇恣意妄為的行動傷害了無辜者，讓他們誤判自己該走的那條路。

「直這次的失控行為，是沒能確實制住他的整個薄刃家的責任，同時，也是導因於薄刃家全員過於天真的心態。」

關於這點，薄刃家在各方面的因應措施確實不夠嚴謹，也過於樂觀。不過，當時的薄刃家有許多身不由己之處，也是不爭的事實。

強大的異能寄宿在甘水這種人身上，或許是薄刃家不夠走運。

美世總覺得自己無法置身事外，一股令人不適的鬱悶感重壓著她的胸口。

這時，在一旁靜靜聽著的式神開口。

「沒能察覺到甘水背地裡的動向，對異特務小隊也難辭其咎。」

義浪只是搖搖頭，沒有開口回應式神這句近似於安慰的話語。他的反應，或許是在強調薄刃家沒打算撇清自己所應背負的罪過吧。

沉重到足以令人窒息的沉默，就這樣籠罩了室內片刻。

重重吐出一口氣後，義浪試著讓氣氛變得輕鬆一些。

「美世，老夫能告訴妳的就是這些了。可以嗎？」

「是……是的，非常感謝您。」

只有自家人知情的這段過往，感覺是能夠讓美世深入了解甘水這個人的一大助力。當然，即使能理解，她也無法和這個人產生共鳴就是了。

是因為美世雖然繼承了薄刃之血，卻是在薄刃家以外的地方長大成人的緣故嗎？

看到美世朝自己低頭致意，義浪點點頭表示：

「老夫能告訴妳的不多，不過……家裡還留著幾本歷任的夢見巫女相關的紀錄和手札。過去，老夫原本以為那些東西妳用不著，但現在恐怕無法這麼斷言了。那些紀錄的內容，應該會對施展夢見之力這方面有所助益。有需要的話，就讀一讀吧。」

「謝謝您。」

過去，美世並不會想透過自身的異能來積極地成就些什麼事情。她所接受的訓練也都是最基礎的內容，主要用意在於讓她理解自身的能力，學習如何穩定這股力量。

不過，要和甘水對峙的話，明白過去的夢見巫女們是如何驅使自己的能力，想必是一件很重要的事。

義浪這樣的提議讓美世感激不已。

「妳能在這裡待上多久？」

在美世回答義浪這個提問前，式神早她一步開口。

「頂多兩三天，若是美世希望能改變什麼的話。」

平淡、沉穩，同時話中有話的語氣。

希望能改變什麼的話，可以停留兩三天……這是什麼意思？難道兩三天之後，就會發生什麼事情嗎？

儘管感到不解，但美世選擇不插嘴。而義浪也沒有特別追問，只是簡短地以「是嗎？」回應。

「這樣的話，妳就趁這幾天好好研究資料，好好休息吧。」

「是。」

這麼回應後，美世和式神起身，在薄刃家傭人的帶領下，前往位於二樓的房間稍做休息。

傭人帶著他們來到美世過去曾短暫住過幾天的那間西式房間。

這個進口家具一應俱全的時髦空間，與其說是客房，感覺更像是為了某天會再次造訪的美世而準備的房間。

「……呼～」

因為有暖爐，房裡相當溫暖。在椅子上坐下後，美世不禁安心地吐出一口氣，同時也感受到自己一直相當緊繃的事實。

式神也靈巧地爬上美世對面的椅子坐下。他晃了晃自己的雙腿，發現腳搆不著地面後，有些不滿地皺起眉頭。

（話說回來……）

等彼此看起來都比較放鬆後，美世開口詢問式神一件令她在意的事。

「那個，我該怎麼稱呼你……比較好呢？」

她的語氣不自覺變得戰戰兢兢。考量到對方只是個孩子，用平常那種恭謙的態度說話似乎有些小題大作；然而，即使是式神，一旦把對方當成清霞，美世便會不由自主地拘謹起來。

不過，發現他是清霞的式神後，美世有幾個實在無法不問的問題。

比起說話語氣，稱呼方式更要來得重要許多。

式神是式神，雖然會按照清霞的想法行動，但畢竟他並不是清霞，所以美世想換個稱呼方式。要是對著擁有少年外貌的式神喊「老爺」，感覺也很奇怪。

「什麼？用普通的叫法就行了。」

不知為何，式神皺起眉頭，還一臉不解地歪過頭。

就算要她用普通的叫法，美世也沒有頭緒。要她捨棄「老爺」這個稱呼，直接以名字稱呼清霞，現在的她百分之百做不到。

——如果能取一個暱稱就好了。

想到這裡，靈光乍現的美世拍了一下手。

「那麼，我……可以叫你『阿清』嗎……？」

真虧自己能想到這樣的暱稱。雖然無法直接呼喚清霞的名字，用這個暱稱的話，她就叫得出口。阿清……聽起來還挺可愛的。

寂靜籠罩了兩人，只有暖爐柴火不斷發出啪嘰啪嘰的細微聲響。

聽到美世的提議後，式神先是愣了半晌，接著紅著一張臉手足無措起來。

「妳……妳說……什……呃，不，真的要這樣叫？」

「不可以嗎……？」

有什麼不妥之處嗎？她覺得這個暱稱還不錯呢。

看到感覺有點失望、又有點落寞的美世沉默下來，式神——亦即清突然喊了一聲

「就這樣！」

他白皙的臉頰變得有如熟透的蘋果那樣紅通通的。

「就這樣叫！」

「真的嗎？太好了。」

聽到式神接受自己的提議，美世回應的嗓音忍不住變得高亢。她感受到自己的內心瞬間開朗起來的反應。

也因此，她沒能聽清楚清有些不開心地輕喃的內容。

「——就連我，都還不曾直接被叫過名字啊。」

「你怎麼了嗎？」

「沒什麼。」

面對清簡短回應的冷淡態度，美世愣愣地眨了眨眼。

雖然外表看起來和清霞極為相似，清的言行舉止卻一如小男孩那樣俏皮可愛。

即使被他以冷淡的態度對應，美世的嘴角仍忍不住上揚。

「妳幹嘛嘻皮笑臉的？」

就算被清投以像是看到怪胎的目光，美世也壓根兒不覺得這樣的他討厭。看來自己是病入膏肓了。

原來孩子是如此令人憐愛的存在——這樣的新體驗，讓美世樂在其中，臉上的笑意也變得更深。

「不，沒什麼。」

「……算了，也罷。」

或許因為是式神，清的話並不多。清霞也有冷淡和不擅言詞的一面，但還不至於像式神這麼沉默寡言。

年幼時期的清霞便是如此嗎？這麼想像的同時，美世也感到有些寂寞。

在兩人隨意閒聊時，一陣敲門聲傳來。

「請進。」

待美世回應後，先前領著他們來到這個房間的傭人，以一聲「打擾了」開門入內。

「午餐已經準備好了，請問您要在哪裡用膳呢？」

「咦？啊……已經這個時間了嗎……」

美世望向時鐘，上頭的指針已經行進到接近正午的時分。一大清早離開久堂家主宅邸之後，時間過得比她想像的更快。

先前，因為緊張，美世未曾湧現飢餓感；但聽到傭人提及午餐時，她總覺得自己好像也餓了。

「可以讓我在這間房裡吃嗎？」

聽到美世的請求後，傭人以「我明白了」回應，在片刻後以托盤將午餐送過來。一如薄刃家風格的西式料理，一一被端到外國進口的深褐色餐桌上。

不斷冒出白色蒸氣的熱騰騰焗烤通心粉，再加上以法式佐料調味的蒸馬鈴薯、紅蘿蔔、菠菜和蕪菁，還有兩顆比拳頭稍小一些的圓麵包。

每道餐點都散發出令人食指大動的美味香氣。

「感覺很好吃呢……」

低頭望向這些料理時，感受到熱呼呼的蒸氣迎面而來，讓美世眼眶一陣溫熱。

其實，打從清霞被軍方逮捕後，因為過於擔心他的安危，又不停苦思自己所能做的事情，美世幾乎一直是食不下嚥的狀態。

無論多麼可口的菜色端到面前，她都食而無味，也吃不了多少。

不過，要是讓葉月為沒有食欲的她牽掛，就太過意不去了；而且，清霞平安歸來後，要是看到美世消瘦的模樣，一定也會感到心疼。

絕不能讓這些情況發生——基於這樣的理由，即使吃起來宛如嚼蠟，美世仍會努力將食物送進口中。

（是因為……我感到放心了嗎？）

之前待在薄刃家那段期間，她明明還覺得每一餐都吃不出滋味。覺得有點想哭的她抬頭望向眼前的清。

「阿清，你不吃點東西嗎？」

原本以手托腮的清抬起頭來，看起來一臉沒料到美世會問這種問題的樣子。

「不用。式神不需要進食。」

「啊……對不起，我忍不住就……」

式神不是人類，所以不會吃東西。因為清看起來完全就像一名人類少年，以至於美世忘了這回事。

完美的式神，會擁有和生物相同的實際肉體。除了樣貌以外，他們的觸感也跟本尊沒什麼兩樣；但內在就不同了，他們不像生物那樣擁有內臟或血肉組織，或許可以說是披著生物外皮的一具空殼吧。

自己少根筋的行為，讓美世沮喪地垂下雙肩。

「沒關係。」

清露出「真拿妳沒辦法」的表情，跪坐在椅子上伸出手，以不同於清霞的溫柔掌心輕撫美世的頭。

他跟清霞如出一轍的摸頭動作，讓美世心中湧起千頭萬緒。

「抱歉，不能陪妳一起用餐。但妳好好進食的話，吾主也會比較放心。」

雖然說得斷斷續續，清的發言仍透露出他體恤美世的溫暖心意。而清霞雖然拯救過自己無數次，同時卻也有著笨拙的一面。將這二者聯想在一起的美世，不禁感慨萬千。

要是出聲回應，美世害怕自己會哭出來，因此只是點點頭，將雙手合十輕聲表示「我要開動了」，然後拾起湯匙。

舀起一匙乳白色的焗烤後，熱氣隨即從軟綿綿的內餡竄出。美世確實將它吹涼後，再放進口中。

「……好好吃。」

柔滑濃郁，帶著淡淡甜味的口感，在口中緩緩化開，然後消散。

雖然很燙，但美世拿湯匙的手又繼續舀了第二口、第三口。她就像一般人那樣進食，之前沒胃口的事，彷彿從不曾發生過。

「太好了。」

聽到清的聲音，美世忍不住抬起頭。打從相遇以來，一直都面無表情的他，此刻露出了雙眼微微瞇起的柔和微笑。看到這樣的他，美世也跟著露出笑容。

「是的。不過……」

焗烤盤裡還剩下一半的餐點。

美世一臉開心地想著，在離開薄刃家之前，她一定要好好打聽這道餐點的製作方法。

「我下次想跟老爺一起吃……雖然老爺可能不會中意這種類型的餐點，但我還是想和他一起品嘗。」

「說得也是。」

不知為何，清呵呵笑了兩聲，兩隻眼睛也瞇成開心的弧線。

用過餐後，在傭人的帶領下，填飽肚子的美世和清來到了薄刃家的倉庫。

雖說是倉庫，但這個房間不會給人凌亂的感覺。安置在裡頭的大量物品，全都整理得井然有序。

大部分的東西都收納在擺放得整整齊齊的老舊木箱裡，所以美世也馬上發現義浪所說的書面資料可能放置的地方。

因老舊而變色的大量紙張，成堆擺放在靠牆處。

有的以繩子捆成一綑、有的被捲成圓筒狀、有的只是單純堆疊在一起。從劣化的程度來看，似乎是愈上方的愈新、愈下方的愈老舊。

或許是因為長久以來都乏人問津吧，這些紙張表面全都布滿灰塵。

「這邊的好像就是了。」

清隨即從如山般堆積著的紙張中取出一本小冊子確認。美世也跟著這麼做，可惜她拿到的似乎是某一任當家的手札，裡頭的筆跡看起來出自於男性之手。

從這堆小山中大致挑選出和夢見之力有關的資料後，美世和清便移動到其他房間。獲得義浪許可後，兩人借用了家中的一間和室，坐下來仔細閱讀這些資料的內容。

「四處都是蟲蛀的痕跡，也有很多字跡模糊到無法辨識的內容啊。」

「……我……看不太懂呢……」

聽到清的沉吟聲，美世沮喪地這麼回應。

或許是因為夢見巫女原本就很罕見，歷代巫女留下來的手札數量相當稀少，而且全都極為老舊，內容還是用字體宛如行雲流水的假名草書寫成。除此之外，還有看起來相當陌生的語言或語法。

沒有這方面的紮實知識，只懂得照著印刷字體一筆一畫臨摹的美世，實在無法解讀這些手札。

這個令人意外的事實，令美世不知所措。原本以為終於能往前邁進的她，此刻感受到的失望格外強烈。

「如果是年份最新的資料，妳看得懂嗎？」

就算是年份最新的資料，距離上一任夢見巫女現身，也已經是一百多年以前的事。不過，有些零散的部分，美世勉強還看得懂。

聽到清這麼問，美世搖搖頭。

「裡頭有一些我看得懂的詞彙，不過……內容我還是讀不明白。」

「這樣的話，把妳在意的內容加註記號吧。我晚點再確認。」

「是……」

美世對清下的這個判斷沒意見，但只能幫上這點忙，讓她覺得自己實在很沒出息。要是有去念女校、學習過國語的話，或許就能看懂這些手札了。

她不禁嘆了一口氣。打從出生以來，不知已經體會過多少次的無力感，此刻再次朝她襲來。

「別這麼沮喪──妳看看這裡。」

美世探出身子，望向清指給她看的內容。想當然爾，她看不懂。

根據清簡單的說明，上頭所寫的，似乎是夢見之力驅使方式的概要。

「夢見之力是能夠一窺過去或未來的能力，所以自古以來似乎就相當受到重視。另外，還能夠用來尋找失物，或是偽裝成神佛，潛入他人的夢境托夢。」

「托夢……」

美世在內心反芻清這段話。

所謂的托夢，就是神佛或故人來到熟睡之人的夢境或床畔，向對方預言未來、給予指示等等的現象。是美世也曾聽過的古老民間故事中常見的光景。

若是擁有夢見之力，確實有可能做到這一點。

透過托夢來指示目標對象行動，或是試著導正對方的錯誤。這種能力的用途並不難想像。

隨後，清又以手指撫過書卷表面，將內文化為簡單的敘述道出。

「首先，鎖定夢見之力的使用對象。若是能接觸到對象一部分的身體，能力的效果就會變得更強大而穩定。接著，一邊意識自身體內的異能，一邊擬定明確的行動目的。例如想一窺過去和未來、或是想潛入誰的夢境……等等。」

這跟新教給美世的步驟一模一樣。她照著這樣的方法施展夢見之力後，順利將被奧津城亡靈的怨念困住的清霞救回來；造訪久堂家別墅時，她也以同樣的方式拯救了鄰近村落的居民。

順利施展能力的經驗，確實累積在美世體內。

「最後，想著自己要執行的目的，對鎖定的對象施展異能——跟施展一般異能的做法相同啊。」

「……新先生或許也讀過這份資料了吧。」

美世輕聲提起這名已經不在身旁的表哥。

她環顧兩人從倉庫裡拿出來，堆放在桌上的書卷。

新想必長年都在埋首研讀這些資料吧，他一直都在等待自己所必須守護的夢見巫女現身。

他究竟是基於什麼樣的想法，才會選擇協助異能心教？

美世相信新不會做出對她或薄刃家不利的事情，但他這番行動和甘水的目的一致的可能性並不是零。

至於甘水，即使只是在美世身上尋找澄美的影子，但他確實有以他的方式在為美世著想。

「是啊。」

原本在解讀書卷內容的清抬起頭，注視了美世片刻後，又移開視線。表情似乎帶著幾分不悅。

不過，他隨即將視線移回手邊，在翻開資料的下一頁後，發出聽起來有些滑稽的輕呼。

「啊。」

「你發現什麼了嗎？」

美世這麼詢問後，清皺起稚嫩臉龐上兩道秀氣的眉毛，以纖細手指抵著下顎發出沉吟聲。又過了半晌，雙眼緊盯著書卷文字的他輕喃一聲「原來如此」。

「這裡。」

清移動原本抵著下顎的手指，指向書中的一行文字。

「——這裡提到，過去曾有異能者能夠扭曲眼、耳、口、鼻、肌膚的感官體驗，將其轉化為跟現實有所出入的狀態。」

聽到這裡，美世吃驚地望向清。

操作五感的能力——也就是說，過去曾出現和甘水擁有相同能力的異能者。

清回望美世，然後輕輕點頭。

「這是極為強大的能力，所以似乎多半都會被施加後天的限制。這本手札裡所記載的異能者，好像是因為個性較為敦厚善良，才能免於這樣的處置。而這種異能的弱點是……」

「弱點是？」

「能夠施展的時間相當短，效果也只能持續一小時左右。如果想再延長一小時，一天就只能使用三次。施展距離也僅限於本人能夠以肉眼辨識的範圍。要是想打破這樣的限制，大腦就會不堪負荷而受損。」

這般強大的力量，若是想勉強施展，理所當然會為身體帶來沉重負擔。

隨後，清又以一句「不過……」來補足他的這番推測。

「我認為端看本人如何使用。就算能驅使異能的時間很短、有效範圍也很狹窄，如果能像按下機械開關的『開啟』、『關閉』按鈕那樣，細膩而頻繁地調整這種能力，要活用想必不成問題。」

這種異能無法長時間施展，因此，甘水在離開薄刃家後，為了替叛變行動做準備，不得不耗費長年時光來鑽研異能這門技術。這樣事情就說得通了。

如果能更進一步減少這種異能的限制，甘水只要設法在背後操控國家的各大重要人物，就能達成他的計畫。

正因做不到這一點，他才必須壯大自己的勢力、打造可當成戰力的人工異能者等等，進行各方面的相關準備。

（可是，既然書中都提到這一點……）

這樣的話，新想必早就熟知甘水的弱點。自從遇到甘水以來，新一直表現出對於甘水的異能制約一無所知的態度，但這其實是他的演技。

這是為了什麼？不對，應該問——是從什麼時候開始的？

一陣寒意竄上美世的背脊。她重新調整自己的坐姿，繼續閱讀攤開在眼前的資料。

無法集中精神的時間，就這樣持續了片刻。不過，在這個只聽得見古典掛鐘規律鐘擺聲的房間裡，專心看著眼前的書卷資料後，天色在不知不覺中暗下來。

之後，在傭人的招呼下，美世和清來到備妥晚餐的另一個房間。

和清在同一張餐桌前坐下後，他一如午餐時間那樣滴水不沾，由美世獨自品嘗能夠溫暖身心的西式餐點。待美世順利用過晚餐，義浪邀請兩人和他一起喝杯餐後茶。

美世和清再度來到白天造訪這個家時，最先被領著踏入的會客室。義浪已經在裡頭等著。

「噢，不好意思，又把你們倆找過來。」

說著，義浪露出柔和的表情。現在的他，感覺已不如白天面對面時那般陰鬱，美世也因此感到放心。

「不會，謝謝您總是這麼為我們著想。」

跟清並肩坐在準備好的坐墊上後，美世朝義浪低頭致意。

為了他們倆，義浪竭盡所能做出貼心的安排，而這點美世也深深體會到了。為美世準備的，都是比上次留宿在這裡時更好入口的餐點。此外，義浪沒有和兩人共進晚餐，想必也是因為顧慮到美世會緊張吧。

這一切都讓她感激在心頭。

「這點小事算不了什麼，只要多少能讓妳感到安心就好。」

在美世和清的面前放下注滿熱騰騰綠茶的日式茶杯後，傭人朝眾人一鞠躬，接著便走出會客室，靜靜將入口的拉門關上。

美世緩緩將手伸向日式茶杯，溫熱感在她冰冷的指尖擴散開來。

「有什麼收穫嗎？」

聽到義浪這麼問，美世輕輕點頭。

「是。雖然那些資料對我來說有點難懂，不過……」

只憑自己一個人的話，她想必完全無能為力。因為有清在，他們才能勉強從大量書卷中截取到情報。

在這方面，美世雖然為自己的不中用感到沮喪，但她不想因此自我貶低。畢竟，想要一個人做到所有事情，原本就是不可能的。

在這段人生中，她有能夠得到的東西、也有無法得到的東西。就只是這麼一回事罷了。

她想起去年夏天待在薄刃家時，義浪便說過這麼一句話。

『能分擔彼此無法獨自承受的東西的，才是所謂的家人吧？』

只要冷靜下來環顧自己的周遭，就能找到出口。跟無人願意轉過頭看顧她的那段時光不同，現在，美世有了能夠同甘共苦的家人。

先前，因為太過混亂、焦急，她遺忘了這一點。此刻，自己的內心之所以能如此平靜，一定都是因為義浪的體貼心意，以及清的陪伴。

美世的臉上自然而然浮現微笑。

「阿清幫了我很多。雖然還沒摸索出明確的做法，但我讀到了相當重要的內容。這對我很有幫助。」

「是嗎？那就好。」

帶著笑容點點頭之後，義浪又以「噢，對了」往下說。

「洗澡水已經放好了，妳就好好休息吧。抱歉啊，老夫只能做到這點事。」

「不會，非常感謝您。」

雖說室內設置著火盆，但在冬天這種季節，身子還是免不了寒氣侵擾。要是因為看書而一直坐著不動就會覺得更冷。能泡個澡來暖和身子，可說是令人相當感激的事。

於是，美世望向坐在身旁的清。

「阿清。不嫌棄的話，我們一起去洗——阿清？」

清一臉茫然的表情，讓話才說到一半的美世停了下來。

他愣愣地張開嘴，一句話都說不出來。一雙眼睛帶著水氣，雙頰也逐漸脹紅。接著，他突然無力地垂下頭，又猛地轉過頭朝美世大喊。

「我拒絕！」

看到清誇張的反應，美世不解地眨了眨眼。

她想起先前提議用暱稱來稱呼清時，他也做出了類似的反應。美世念小學的時候，同年的男孩子也時常表現出這種態度。感覺是這種年紀的少年才會有的反應。

不過，清可是式神。美世單純覺得跟他一起洗澡應該會很開心，所以才這麼提議。難道這是令人如此難為情的事嗎？

「雖然你是式神，但在外頭活動的話，身上多少也會沾染灰塵吧？我想洗個澡應該也無妨……」

式神跟人類不同，不需要入浴——美世原本以為清是基於這樣的理由而拒絕，但他卻只是以驚人的速度猛搖頭。

「不對！不是因為這樣！」

「那個，呃……不然……是為什麼呢？」

看到美世困惑的模樣，義浪以帶著些許憐憫的笑容出聲勸導。

「哎呀，嗯嗯……美世，妳就放過他吧。」

這讓美世愈來愈不明白了。要她放過清，到底是什麼意思？

看似情緒慢慢平靜下來的清，在幾次深呼吸之後朝義浪點點頭，而義浪也點頭回應他。

只有這兩人自行達成共識的光景，再次加深了美世心中的疑問。

（……雜誌上也說過，年幼的男孩子有時會和女性一起洗澡呀。是什麼地方不妥呢？）

然而，除了清本人以外，既然連義浪都反對，或許是有什麼美世所不明白的理由吧。

雖然有點遺憾，但她放棄繼續追根究底下去。

薄刃家的檜木浴池裡，已經注滿了溫度偏高的熱水。沖過澡後，美世緩緩踏進浴池，享受彷彿全身上下慢慢緩解開來的舒適感。

「好溫暖呀……」

美世吐出一口氣，將身子沉進浴池裡，然後閉上雙眼。

那時，要是清沒有現身阻攔美世直闖甘水大本營的話，她現在就無緣享受這樣的熱水澡了。也可能早已因為錯誤的選擇，而賠上自己的性命。

現在，她能理解葉月和堯人的擔憂了。看在他們眼中，自己恐怕就是這麼冒冒失失的。

被領著踏進薄刃家時，義浪有表示他會聯絡久堂家。她想必讓葉月為自己操心不少吧。

（這樣真的對姊姊很過意不去……不過……）

美世現階段仍不打算回去。

泡在溫熱的水中，除了讓血液循環變快以外，美世也感受到在體內穩定流竄的異能。

一開始原本還讓她很不習慣，現在卻彷彿存在得理所當然的這股能力，不允許她只是躲藏起來，躲到事件落幕為止。

她眺望著來自水面的霧茫茫白色蒸氣，這麼自言自語起來。

「過去，擁有夢見異能的那些異能者，都像我這樣苦惱過嗎？」

手札和資料裡記載的夢見巫女的歷史，總是充斥著各種動蕩不安。

有些巫女和其他異能者並肩抵抗異形、有些巫女負責取締濫用異能的不肖之徒。一旦遇上戰爭，她們還會在暗中讓諸多身手不凡的習武之人，變成手無縛雞之力的狀態。

只要天皇下令，她們就會驅使異能。就算施展對象不是異能者、不是為非作歹之徒，也無一例外。

儘管書中沒有詳細記載，但歷代巫女想必都經歷過內心天人交戰的情況。

「倘若擁有夢見之力的人是母親……或許一切都能完美收場了。」

但這種情況下，美世也不會出生到這個世上就是。

美世靜靜地、不停地思考著這些再怎麼想也沒有意義的問題。

待身子充分暖和後，美世走出浴室、換上睡衣，仔細打理自己的服裝儀容。踏出更衣室後，她看見清抱著雙腿，獨自坐在外頭的走廊上。

「阿清，待在這裡太冷了。你怎麼不在房裡等我就好了呢？」

就算明白式神不會感到寒冷，美世仍覺得他看起來一副被凍著的樣子。雖然清拒絕了她也無可奈何，這或許也跟他單薄的穿著有關。

聽到美世這麼說，清搖搖頭起身。

「無妨。我是式神，更何況，吾主給我的使命，就是保護妳。」

「這樣……呀。」

感受到一絲絲落寞的美世，輕輕拾起了清的手。

雖然沒有被凍得發紅，清那隻小巧的手仍相當冰冷。或許是因為式神原本就沒有體溫。不過，那像冰一樣的觸感，讓美世覺得更落寞了。

「妳這是做什麼？」

聽到清有些不滿的嗓音，美世轉頭俯瞰身高大約落在自己肩頭的他，然後露出笑容。

「我想跟你牽手呢……在回到房間前就好，可以嗎？」

「……無所謂。」

不同於稚嫩外表，清的說話語氣依舊高高在上。美世臉上浮現發自內心的微笑，就這樣跟他一起走回房裡。

然而，回到房裡之後，清再次大力駁回美世的提議。

「我怎麼可能跟妳睡在同一張床上！我就算不睡也不成問題啊！」

「可是，晚上會把暖爐的火弄熄，所以一定會很冷呢。」

「要說幾次妳才能明白？式神不會覺得冷。」

因為睡床很大，美世邀請清和她躺在這張床上一起睡，不過是這樣罷了。但清卻做出這種反應，這甚至讓美世開始懷疑，清會不會其實很討厭跟她待在一起。

（阿清是基於老爺的意志行動……所以，他會討厭我，難道是反應了老爺內心的想法嗎？）

應該不至於有這種事，畢竟美世之前才跟清霞同床共枕過。

不然，就是因為清即使是式神，某種程度上還是有自己的喜好厭惡之分，而美世被他歸類在厭惡的那一方？

這樣也很令人難過呢。

看到美世垂下雙肩，眉毛也彎成八字狀的沮喪神情，清開始手足無措起來。

「不，那個，我不是討厭妳才……應該說吾主其實開心得不得了嗎……還是說……那個……總之……」

清以蚊子叫的音量支支吾吾道出來的這番辯解，美世實在聽不太明白。

這個感覺沒什麼問題的提議，到底是哪裡不妥——美世將這個呼之欲出的疑問吞回肚子裡，獨自爬上床，將雙腿探進棉被裡頭。

「對不起，是我太任性了。」

像這樣幼稚地鬧彆扭，實在很不像話。儘管對這一點再清楚不過，內心孤單無助的感覺，還是讓美世忍不住表現出鬧脾氣的態度。

這樣的美世，讓清若有所思地低聲呻吟幾聲，接著才朝床鋪走近。

「妳應該不是把我當作洋娃娃或玩偶了吧？」

「咦？那個……我沒有。」

因為不明白清突然這麼問的理由，美世以不解的表情望向他。

不用說，就算清是式神，美世也不打算把他當成一個「東西」來看待。她反而覺得自己對待清的態度，就像在對待一名人類少年那樣。

或許是對美世的反應有所不滿吧，清輕輕「嘖」了一聲。

「妳根本沒搞懂！之後後悔，我可不管喔。」

也就是說，清願意答應美世的要求，跟她一起睡在這張床上。怎麼都不願以「嗯」坦率回應的他，果然十分令人憐愛。美世不禁露出微笑。

「謝謝你。」

聽到她開口表達感謝，清「哼」地別過臉去，爬到床鋪上，然後窩在靠近床沿的位置睡下。

少了暖爐火光的房間，因為沒有光源，感覺格外寒冷。

在這片黑暗中，美世將整個身子縮進棉被裡，閉上雙眼。

（睡不著……）

儘管身心俱疲，愈是閉上雙眼，意識卻愈發清晰。

不好的想像和不安的預感在腦內翻騰，讓美世有種坐立不安的感覺。為了不讓清發現自己還醒著，她數度忍下想要翻身的衝動，靜靜等待睡意湧現。

不過，光是聽呼吸聲，清馬上能判斷她究竟有沒有睡著。

「不多少睡一下的話，身體會撐不下去喔。」

聽到清這麼說，不知為何，一滴淚水從美世的眼角溢出。

為什麼呢？她明明沒打算哭出來啊。

美世悄悄用手背拭去淚水，然後以「是」回應。然而，清似乎沒有因此而滿足。一個冰涼的小小身軀貼上自己背部的觸感傳來。

「阿……清……？」

「妳一定很不安吧。」

聽到這個簡潔的疑問，美世再次以「是」回應。

她害怕彷彿會讓自己失去各種珍貴東西的黑暗。夜晚和黑暗總會帶走許多人事物，在她的心上落下一層陰影。

明白了這一點，她實在無力再保持平靜。

清的存在，證明了清霞現在還活著的事實。然而，他也可能只是還活著，實際上卻是被甘水茶毒折磨到瀕死的程度。

就算能順利前往營救，但清霞真的平安無事嗎？兩人還能恢復一如以往的生活嗎？要是無法再次回到那段溫暖的時光——

諸多不安和擔憂，幾乎要將無力承受這些的美世壓垮。

「我……很清楚。要是不好好睡覺，就無法好好去把老爺救出來。」

無論是進食還是睡眠。這種稀鬆平常、對生物而言理所當然的行為，在少了清霞之後，竟然會變得如此困難。

「可是……可是……」

喉頭一陣震顫，感覺要開始哽咽的美世，此刻轉過身來面對清，緊擁住他瘦小的身軀。

這是出自一時衝動的行為。只有些許也好，此刻，她實在太想感受到清的氣息、還有清霞的生命脈動。

「喂……喂……！」

儘管自己的行為讓清困惑不已，但美世管不了這麼多了。

他原本試著掙脫美世那雙手，但最後還是放棄了，任憑美世緊擁著他。清沒有心跳，儘管如此，美世還是感覺自己的情緒逐漸緩和下來。

（有阿清陪在我身邊，真的是太好了。）

美世的呼吸變得穩定而順暢，被棉被包裹的身子也慢慢溫暖起來。

不知不覺中，她平靜地睡去了。

——所以我才說妳根本沒搞懂。

清霞將這句差點說出口的埋怨勉強吞回肚裡。

◇◇◇

牢房一如往常被深邃的黑暗籠罩，再加上位於地底，氣溫格外寒冷。對於在冬季鋃鐺入獄的人來說，這裡的環境可說是惡劣至極。

雖說異能者的肉體比一般人來得強韌一些，想在極為嚴苛的環境中長時間生存，依舊是相當困難且痛苦的一件事。

甘水或新想必也很清楚這一點，才會把清霞關在這個地方。

（能夠透過式神找回正確的時間體感，或許算是不錯了。但……）

也因為這個式神的存在，清霞反常地害羞到滿臉通紅的程度。在不知不覺中鬆開的髮束，像是要掩藏這一點似地從肩頭傾瀉而下。

現年二十八歲的他，原本以為自己不至於青澀到為了這點小事難為情，但美世積極主動的行為，遠比他想像的更加刺激。

再加上美世對自身的言行舉止毫無自覺，因此更讓他有種罪惡感，以及坐立不安的感覺，彷彿自己正瞞著周遭的人幹什麼壞事似的。明明還被囚禁在監牢裡。

（不過，美世或許也已經瀕臨極限了啊。）

強忍住淚水，試著表現得開朗積極的她，其實一顆心已經明顯不堪負荷。所以清霞實在無法再對她說出什麼怨言。

他回想起自己被逮捕前和堯人的那段對話。

『清霞。吾必須先向汝道歉。』

抱歉——說著，堯人在兩人獨處的室內朝清霞低頭賠罪。

因為不明白堯人是針對什麼向自己道歉，清霞不禁沉下臉。隨後，堯人又接著往下說。

『接下來，汝和汝之未婚妻必須面對艱困的挑戰，是吾讓汝等選擇了這條路。』

清霞其實多少也察覺到這一點了，所以他並不感到驚訝。

他已經預料到甘水的下一個目標絕對會是自己。倘若難以用純粹的武力來壓制清霞，就轉而從他的社會地位來下手。

清霞是久堂家的當家，同時也是對異特務小隊的隊長。

要是被冠上莫須有的罪名，這樣的地位足以讓他陷入等同於家系或親近之人被當成把柄、無法採取任何動作的窘境。

而甘水十之八九會採用這樣的手段。

『為了避免犧牲，需要汝之未婚妻——齋森美世的異能。』

堯人臉上的表情沒有變化，但卻隱約讓人感受到愧疚之情。

『……意思是，為了讓美世的夢見異能成熟，我必須先陷入走投無路的狀況？』

『正是……只有齋森美世的心意和話語能夠確實打動甘水直，無論其他的誰說了什麼，恐怕都不會起半點作用。要讓齋森美世和甘水直見面，需要夢見之力。為此，需要困境的歷練。』

堯人舉起手，以手指在半空中一一比劃出這些狀況進展的先後順序。

能夠打動甘水的人只有美世——關於這一點，清霞也持相同意見。

對甘水來說，只有美世是他的執著、他的牽掛、同時也是他的未來；能讓甘水認真起來、吐露真心話的人，就只有美世。

現在，甘水恐怕已經暗中將勢力一步步擴展到政府和軍方內部。若是想讓美世以外的人應付這樣的他，恐怕連能不能靠近本人都成問題。八成只會被甘水巧妙地敷衍迴避掉而已。

至於甘水招攬薄刃新加入自軍勢力的事實，其實也讓清霞倍感意外。

總之，他能理解堯人這樣的決策。但能不能接受，又是另外一回事了。

『為此，您想試探美世的為人，是嗎？』

『抱歉。齋森美世是汝的寶物，所以應該不至於演變成太奇怪的狀況。但……在汝陷入危機的時刻，倘若齋森美世選擇逃避，或是害怕地躲起來，屆時就沒戲唱了。』

美世不可能這麼做——清霞本想反駁，但想到堯人所見的未來之中，或許也有著這種結局，他便沒再多說什麼。

實際上，剛和清霞相識那時的美世，就有可能會是後者。

然而，在克服重重困境後，對於主動採取行動一事，美世已經不會再猶豫。她變堅強了。不，應該說她是慢慢找回了與生俱來的那份強韌。

雖然仍會陷入苦惱或迷惘，但善良溫柔的美世身邊，有愈來愈多願意扶持支撐她的人，而美世本人也變得能夠坦率接受他人的幫助。

堯人或許也有察覺到美世的變化，才打算給兩人這樣的考驗吧。

『雖然不是什麼寶物，但我相信美世。』

聽到清霞的回應，堯人不知為何露出一臉詫異的表情。

『汝此話當真？』

『……我說了什麼奇怪的話嗎？』

『不。吾對後半句沒有異議，吾指的是前半句。』

堯人罕見地以沒好氣的態度回應，清霞只能皺眉沉默下來。

他和美世只是普通的未婚夫妻，不是比這更親近或更疏遠的關係。他確實對美世懷抱著愛戀之情，但應該還不到以「寶物」來比擬的程度。

因為這樣，清霞才會否定堯人的說法，但他們倆的認知看來有著一段落差。

『所以汝才會被說成一根大木頭啊，在所有事情告一段落後，汝可得檢討一下自身的言行舉止才是……算了，也罷。總之，好好準備吧，可別懈怠了。』

『是。』

清霞恭敬地垂下頭簡短回應。

若要遵照堯人的方針行事，就不能告訴美世實情。

必須讓她在一無所知的狀態下，面對清霞遭到軍方逮捕、落入甘水手中的困境，然後為此起身行動。否則，美世的夢見異能恐怕難以成熟。

儘管如此，清霞並不想讓美世受到傷害。

「抱歉……」

在這種地方向她道歉也沒有任何意義，但清霞仍忍不住這麼說出口。

他想盡早讓這一切結束，接著務必要讓美世好好休息、確實感到放心。他好想擁她入懷。

所以，他現在要跟式神的感官同步，盡一切所能支撐美世。

再次將自己的感官知覺和式神——亦即清連接上後，他感受著在床上被美世緊擁著的觸感、以及在心中翻騰的思緒，重新這麼下定決心。

◇◇◇

眼前所見是一片白濛濛的霧氣。

帶著濕氣的這片厚重霧氣，光是接觸到就會被沾濕。

周遭不見灑落的陽光，但也並非漆黑得伸手不見五指。整個世界宛如破曉時分的天空那樣，泛著一整片淡淡的白光。

肉眼所能辨識的景色，大概只有距離自己十步以內的範圍。獨自佇立在原地的美世，看到眼前有一道石子階梯筆直地向外延伸出去。

（這裡……是哪裡呢？）

美世並不感到驚訝。

像這樣的夢境世界，她已經體驗過好幾次。既不冷也不熱，只是滿溢著潮濕霧氣的這個地方，想必也只會出現在夢中。

不過，美世對這個地方完全沒有印象。她是初次造訪。

在濃霧中綿延的石子階梯，乍看之下似乎有點詭異，但不知為何，美世完全沒有因此感到恐懼或憂慮。

取而代之的，是彷彿在心臟、在身體深處熊熊燃燒那樣蠢動的、僅屬於美世的異能。

真要說的話，她此刻最鮮明的感受——或許是「不可思議」吧，也可以說是「神祕」。

在她靜靜觀察眼前的情景時，石子階梯的兩旁突然開始依序發光。

看起來高度不及膝蓋的小巧石燈籠，一座座並列在石子階梯的兩旁，像是要引導美世前行那樣，從靠近她的燈籠開始往前方點亮。

美世沒有感覺到危險，她試著大膽地朝前方踏出一步。

這個瞬間，有人輕輕將手擱在她的肩頭上。

「老爺……」

不知何時，一身輕便和服搭配羽織外套的清霞出現在她身旁。

美世緩緩抬起頭，仰望未婚夫帶著柔和笑容的臉龐。

（……畢竟只是夢呢。）

清霞沒有說話。這也是當然的，因為這只是反應出美世無助內心的幻覺。然而，就算是這樣，光是有清霞在身旁，便讓她感到放心不已。

他那骨節分明的大大掌心，輕輕握住了美世的手。帶著些許溫熱的熟悉觸感。

美世強忍著想要落淚的衝動，和清霞手牽手，開始踩著石子階梯往上。

在白茫茫的霧氣之中，兩人一階又一階地確實往前進。不知走了多久之後，濃霧的另一頭隱約浮現一個人影。

朝人影走近，可以從輪廓看出那是一名細瘦的女性。再繼續靠近後，美世看清楚了這名女性的面容。

「……母親。」

站在眼前的，是美世的生母——齋森澄美。

蓄著一頭飄逸的黑色長髮、身穿櫻粉色和服的她，有著和美世差不多歲數的年輕面容。臉上帶著慈愛表情的她，以柔和的眼神望著美世。

這證明了美世這次並非在夢中一窺母親的過往，而是澄美的意識確實捕捉到美世的存在。

（不過，這是一場夢……對吧。）

過去，美世曾在夢中向母親告別。為了揮別過去那個一心求死、只想趕快前往母親身邊的自己。

在那之後，她就不曾再以女兒的身分和母親見過面。

「美世。」

呼喚她的，是個聽起來相當平靜的女性嗓音，跟美世之前在夢中聽到的嗓音相同。雖然輕盈又柔和，卻缺乏人類說話時的抑揚頓挫，讓這個嗓音聽起來很不真實。

下一刻，美世不禁屏息。

一直從澄美身後延伸出去的石子階梯，出現了三三兩兩的人影。在美世可見的範圍之內大約有五人。

這些人影看起來是穿著白色上衣搭配紅色日式褲裙的女性，而且全都望著美世和清霞這邊。

（這是……怎麼一回事？）

這樣的光景意味著什麼？那些人影又是誰？

儘管對眼前的景象一無所知，但自從母親出現在視野之中後，美世便感覺在自己心臟那一帶沸騰的異能，變得愈來愈鮮明而強烈。

好熱，而且也好難受。

雖然跟澄美之間還有三個石階的距離，美世卻停下腳步，再也無法前進。

清霞牽著她的手微微使力。

母親望著這樣的他們，輕巧地步下階梯，朝兩人走近。

「對不起，美世。」

將眉毛稍稍彎成八字狀的澄美開口向美世賠罪。因為不明白母親是為了什麼向自己道歉，美世只能困惑地仰望她的臉。

「我讓妳一肩扛起了所有痛苦而沉重的業障。」

在齋森家度過的十九年，以及和甘水之間的孽緣——美世這才明白澄美所指的是什麼。

沒有這回事，這明明不是母親的錯。

儘管想要否定，但澄美沒有給美世這樣的機會，又繼續往下說。

「連同我的份，還有至今為止的薄刃家的份……所以……」

——一點點，就讓我幫助妳一點點吧。

澄美這麼說的瞬間，熊熊燃燒的異能變得更加灼熱了。不同於體內被焚燒的感覺，化為烈焰的異能，逐漸讓美世全身上下都開始發燙。

「母……母親，我……」

美世閉上雙眼。好熱。好熱、好熱，但腦袋深處卻反常地有種冰涼感。

下一刻，很突然地——

伴隨整個大腦變得冰冷的感覺，美世眼前的視野瞬間變得開闊起來。

「咦……」

儘管這種事不可能發生，但她覺得自己彷彿看穿了千里之外的世界。過去、未來和現在的一切，以雪崩之勢湧進她的腦中。

潰堤而出的異能，讓美世腦中彷彿出現一座明鏡之湖，原本籠罩在四周的濃霧也在瞬間徹底消散。

「這是——」

她看得見——看得見自己至今一無所知的世界。

就好像整個人縱身躍入一面寬廣無垠的大海那樣。

無數的景色像是泡泡般輕飄飄地竄起，然後迸裂。一對年幼少女和少年的身影，從這些泡沫裡頭浮現。

『我叫做薄刃澄美。請多多指教喲。』

『哦～妳叫什麼名字都無所謂啦。』

『但這對我來說很有所謂呀，直。』

『妳很煩耶。』

『你受傷了？是跟人打架了嗎？都流血了呢。得擦藥才行。』

『少囉唆。別管我啦。這種事怎麼樣都無所謂吧。』

『我之前也說過了，這對我來說很有所謂呢。』

『……隨便妳啦。』

『直！你怎麼又把小動物……你不覺得牠們很可憐嗎？』

『有什麼關係啊。反正牠們也只是弱小又沒什麼價值的存在。』

『要說弱小又沒有價值的存在，我也比你弱小，所以，我的性命也是無所謂的東西嘍？』

『我又沒這麼說。』

『你為什麼要傷害別人呢？每當你傷害他人的時候，你的身心也會因此留下傷口。你為什麼總是無法察覺到這一點？』

『因為那傢伙對妳出言不遜。他說妳的存在價值，就只是為了生下擁有夢見之力的孩子而已。他根本什麼都不懂。所以……』

『……對不起。這樣的話，我應該要背負你的這個傷口才對。』

『妳不用背負我的傷口。我會保護妳，所以，別露出這樣的表情，澄美……』

『有朝一日，我希望薄刃家的所有人，都能夠抬頭挺胸地走在路上，不用再過著隱名埋姓的生活。』

『妳要繼承薄刃家嗎？』

『唔～我倒沒想這麼多呢。我只是希望大家能活得更自由自在，當然，也包括你在內。』

『就算我變得自由，也一定會跟妳在一起。永遠、永遠在一起。』

『呵呵。不行喔，直。你不能老是看著我，應該要——』

『——直，我還是決定嫁到齋森家。』

美世猛然回過神來。

她以指尖輕撫自己的臉，發現臉頰不知何時被淚水沾濕。她不明白自己為何會落淚，但此刻，胸口卻像是被緊緊掐住那樣發疼。

（剛才那是……）

霧氣消散後的石子階梯上，已經不見澄美方才的身影。原本在她身後的幾個人影也跟著消失。

燈籠裡頭的火光熄滅，只剩下朝著淺灰色天空延伸出去的石子階梯。

美世茫然地眺望眼前這個清晰澄澈的世界。

她自己沒有出現任何變化。然而，某個決定性的不同，讓她為眼前所見的景色震懾不已。

「老爺。」

站在美世身旁的清霞，依舊只是沉默地朝她微笑。

夢果然就只是夢呢——美世這麼想著，然後轉身面對清霞。

「老爺……請您再等我一下，我一定會去見您。」

將雙手交握在胸前的美世這麼開口。眼前的清霞朝她輕輕點頭後，身影隨即化為一縷輕煙散去。

還有所留戀的美世，垂下頭回憶清霞仍在身旁時的感覺，過了片刻後，才重新抬起頭走下石子階梯。

# 第二章　深入內心

「那麼，我要出發了。」

美世站在薄刃家的玄關外頭，朝義浪深深一鞠躬。

在薄刃家停留三天兩夜後，今天即將啟程前往其他地方的她，已經獲得相當充分的線索，也決定好接下來要造訪的目的地。

她向義浪借來母親遺留在薄刃家的和服和日式褲裙，並換上這些衣物。

淺亞麻色和服、紅褐色日式褲裙、淺粉色羽織外套，還有一雙深褐色皮鞋。在傭人的細心保養下，這些全都維持在能夠馬上穿上身的狀態。

穿上母親的和服，讓美世有種被她支撐著心靈的感覺。

美世相信，澄美之前在夢中說的那番話，並不是她讓母親在自己夢中說出來的，而是出自於澄美本人的意志。

「嗯，路上小心……晚上記得回來這裡。」

「是。」

這麼回應義浪後，美世再次向他一鞠躬，隨後便帶著清，在帝都滿是白雪的道路上踏出步伐。

早晨的冰冷空氣，讓稍稍融化的雪在路面各處再次結冰。美世聽著鞋底踩在雪上的沙沙聲，一邊留意冰凍濕滑的地面，一邊筆直朝帝都鬧區前進。

現在的時刻，說是早上嫌晚了些，說是中午又太早了。

或許是因為這樣的時間帶，路上的行人還不少。人力車和轎車來來往往，以一襲和服搭配羽織外套，再加上帽子和手套的人；以及在西服外頭罩上一件厚重大衣，再圍上圍巾的人，讓街頭一片熙熙攘攘。

只是，每個人的表情看起來都黯淡無光。

「妳為什麼會知道？」

一旁和美世手牽手走著的清突然這麼開口問。

美世不明白他這個籠統提問的用意為何，於是歪過頭反問。

「你是……指什麼？」

「妳現在打算前往的地方。」

噢，原來如此。

來到帝都的大馬路上後，走進一條小路，再從對側的繁華大街走出來——重複這樣的動作後，兩人逐漸遠離薄刃家宅邸所在的住宅區，來到各大企業的建築物，以及代代相傳至今的知名店鋪林立的市區一角。

他們的目的地，是某間歷史悠久的旅館。

在薄刃家完成該做的事情後，美世和清開始商討下一步該怎麼走，然後發現彼此所持的意見完全相同。

旅館「明田屋」。

這間旅館從幕府時代初期營業至今，在帝都是以歷史悠久聞名的旅館，也是各界知名人士或富人頻繁光顧的高級住宿設施。

實際上，光憑這樣的情報，美世不可能會知道這個地方。

「……因為我看到了。」

她重點式的回答，似乎讓清有些吃驚。

清沒有說話，只是瞪大雙眼，但也沒有再追問什麼。

「那你呢，阿清？說可以待上兩、三天，是因為一開始就有這樣的打算嗎？」

「嗯，因為我事先知情。」

在這個不算短的路程上持續前進後，從大馬路繞進一條岔路的深處，便能看到宏偉壯觀的正門入口。

明田屋是兩層樓高的木造建築。跨過大門後，一片經過精心打理的美麗庭園隨即映入眼簾。隨處可見寫著明田屋三個字的巨大燈籠。

從正門入口處踩著通往玄關的踏腳石前進後，美世小心翼翼地拉開嵌著玻璃窗、看起來相當古老的深褐色木門。

「不好意思……」

「您好，歡迎光臨。」

就住宿客而言，在這樣的時間來訪有些早。雖然不是特地在等待美世等人，但旅館老闆娘隨即出來迎接。

看到美世和清之後，這位中年老闆娘先是沉思半晌，接著像是發現了什麼似地以嚴謹的表情開口詢問。

「請問兩位今天是為了什麼來訪？」

「——我叫做齋森美世，我今天是過來拜訪在這裡住宿的某位客人。」

美世挺直背脊，向老闆娘緩緩點頭致意，同時這麼說明。老闆娘先是「哎呀」一聲，接著用手掩著嘴角輕輕點頭。

「是齋森大人嗎？那位客人有交代我。」

看樣子都安排好了。得知對方著想得這麼周全，美世不禁湧現幾分敬意。

老闆娘領著她前往明田屋的獨棟小屋。

在走廊上前進片刻，再穿越中庭後，就能看見這棟特別的建築物。獨棟小屋基本上只能提供一組客人住宿。換句話說，就等於是包棟。想在高級旅館明田屋裡頭包棟住宿，需要相當雄厚的財力。

除了只有極少數的權勢者能使用以外，這個獨棟小屋還有帝都內首屈一指的隱密性。

但想到接下來要會面的人物，這或許也是理所當然。

種著松樹的庭園被皚皚白雪覆蓋，不時還能聽見融化雪水從屋簷的雨水槽滴落的聲響。為這片美景吸引的美世，和清一起踏入了獨棟小屋。

「咳咳，我正在等妳呢。好久不見嘍，美世。」

「是。好久不見了，公公。」

在小屋的和室客廳裡迎接美世等人的，是一名樣貌年輕清秀的中年男子——亦即清霞的父親久堂正清。

在去年秋天後，美世便不曾再見過正清。她原本以為下次相見，會是在自己的婚禮上，沒想到這麼快又和正清再次見到面。

在和服外頭罩了好幾層羽織外套和日式棉襖，導致整個人看起來圓滾滾的他，不時發出幾聲乾咳。

看來，他似乎還是一如往常的體弱多病。

踏進和室客廳後，美世三指著地向正清行跪拜禮。正清見狀，以柔和的嗓音輕聲表示「放輕鬆一點吧。」

「……至於清霞，該怎麼說……你變小了呢。」

看到正清哈哈笑著這麼說，清的太陽穴浮現青筋。

「我才沒有變小。」

清橫眉豎目的模樣，讓正清不禁捧腹大笑起來，清的表情也因此變得更不開心。

（好溫馨呢。）

這樣的光景，看起來有如重現了正清和年幼清霞的父子對話，讓人看了不自覺微笑。

不過，美世等人無法這麼悠閒。慢條斯理地過日子，只會讓這次的問題變得更棘手。就算能順利解決一切，善後工作也會令人頭痛不已。

於是，美世隨即轉換心情，筆直望向正清。

「我這麼唐突地來訪，真的非常抱歉。」

「沒關係，我也有料想到事態會變成這樣。」

總是散發柔和氣質的正清，以沉穩的態度回應美世。

「對了，請問婆婆人呢……？」

美世踏進這個房間時，裡頭便不見芙由的蹤影，至今也遲遲沒有看到她現身。他們夫妻倆應該是一起留宿在這棟小屋裡才對。難道發生什麼事了嗎？

聽到擔心婆婆的美世這麼問，正清聳了聳肩。

「芙由說她沒這個心情，所以自己窩在臥房裡呢。我想她應該不是對妳有什麼不滿，所以希望妳別在意喔。」

「怎麼會呢。那個……我不會在意的，我只是想至少見婆婆一面……」

「明白了，我會轉告她。」

久違地感受到公公對婆婆有些奇特的愛情表現，讓美世鬆了一口氣。

一旁的清似乎咕噥著「別管她就好了」，但美世選擇不回應。

正清雖然也會對芙由展現出嚴厲的一面，但比起美世的想法，他毫不遲疑地、極其自然地以芙由的感受為優先，正代表他十分珍惜芙由。

打算在此進入正題的美世，好好端正自己的坐姿後開口。

「——公公，我有一個請求。」

聽到美世這麼說，臉上仍掛著微笑的正清眼神變得犀利。

「什麼請求？」

「為了阻止異能心教，我希望能藉助您的力量。」

今天，美世像這樣過來拜訪久堂家的前任當家正清，便是為了這個目的。

在清霞正式繼任前，長年擔任當家、效忠天皇、確實盡到自身職責的正清，想必掌握了不少人脈。

這是至今鮮少與他人交流的美世所沒有的東西。清霞或許也有人脈，但他現在淪為階下囚，美世無法要求這樣的他協助自己。

想和異能心教對峙的話，戰力不可或缺。

光憑由少數菁英分子組成的對異特務小隊，人手實在不夠。異能心教可以透過人為的方式，將異能賦予不特定的多數人，導致我方陷入寡不敵眾的困境。

想與其相抗衡，只能盡力召集能夠成為戰力、原本不隸屬於軍方的異能者。

「我沒有萬夫莫敵的力量，我需要足以阻擋異能心教的充足戰力。為此，我想請您出面召集其他異能者。」

「唔……」

在美世道出這樣的請求後，正清以雙手抱胸，輕輕閉上雙眼。不知道他會怎麼回應的美世，竭盡所能表現出堅定的態度和意志。

「嗯，我想也是呢。」

正清吐出一口氣，然後緩緩睜開眼。

「雖說已經退休了，但我確實認識幾個異能代代相傳的家系，也有相對應的人脈。就算無法強迫他們參戰，至少也能提一下這件事。我想，相關人士應該馬上能召集起來。」

「意思是……」

「嗯，另外，我還能警告暗中協助甘水的家系。針對這些家系，或許就算採用威脅的方式，也得讓他們協助我們這邊才行。」

雖然發言內容有些聳動，但聽來正清是願意助美世一臂之力了。

美世的雙眼不禁閃閃發亮起來。

「非常感謝您！」

她沒想到正清會這麼乾脆俐落地允諾。

正清雖然溫柔，但並不是馬虎行事之人。

這次，美世是基於外行人的想法提出這樣的要求。因此，她原本做好了會被正清用各種問題試探，或是被拒絕個一兩次的覺悟。

「呵呵，清霞，是你領著美世來到這裡的吧。你沒告訴她我會答應嗎？」

美世不解地低頭望向身旁的清，他對正清搖搖頭表示：

「我沒告訴她，而且，也不是我把她帶來這裡。是她自己說要過來的。」

聽到清的回應，正清愣愣地眨了幾下眼，吃驚地問道：

「咦，你沒跟她說？這樣的話，美世，妳怎麼會……」

至此，美世終於明白這兩人在說什麼。

正清想問的是，美世為什麼會知道他們夫妻倆目前人在帝都，甚至還知道他們下榻的旅館。

他會感到不可思議也是理所當然，因為正常情況下，美世不可能知道。

「我是在夢中看到的。」

美世露出微笑，以平靜的語氣這麼回答正清。

「我終於『看得見』了。」

正清先是一瞬間露出茫然的表情，接著脫力地垂下雙肩，然後笑出聲來。從這一連串的表現，美世感受到他似乎放下心來的反應。

「這樣啊。嗯，很好喔。」

「但我無法看清整體，所以，我也不確定您最後會不會答應這樣的請求。非常感謝您這麼大方地允諾我。」

「別客氣……所以，妳也能看見將來的發展嗎？」

被正清這麼一問，美世沉思了半晌。

能夠讓人一窺所有過去、現在和未來的完美異能，恐怕並不存在於這個世上。而且，因為美世本人的能力不夠成熟，就算擁有優秀的異能，她也無法完美施展出來。

因此，雖然她多少能窺見未來的走向，但基本上還是不明就裡的情況居多。

儘管如此，最關鍵的、用來拯救清霞的方法，她已經研究清楚了。

「是的，稍微可以。我想，自己應該有看見一些重要的未來。」

美世堅定的語氣，似乎證實了正清心中的某些想法。

他以開朗又有些傻氣的笑容不停點頭，以雙手捧起手邊的日式茶杯，將它湊近嘴邊。

「哎呀～太好了。自己的媳婦是這麼一位優秀的小姐，我真的很幸福呢。」

「沒……沒這回事的。」

只是變得能夠運用與生俱來的異能，就被誇贊成「優秀」，實在太抬舉她了。

在至今為止的人生當中，美世得到的評價多半都是「一無是處」。突然聽到完全相反的讚美，總讓她不太有真實感。

又舉起茶杯啜了幾口茶水後，正清緩緩起身。

「好啦，你們倆先休息一下吧。我去跟芙由說一聲。」

語畢，正清便走出和室。片刻後，美世等人被領著來到一個面對庭院、採光良好的房間。

房間裡採用的不是榻榻米，而是深褐色的木頭地板。有著時髦雕花設計的桌子、四張藤編座椅、藤蔓圖樣的壁紙，甚至還有暖爐，整體感覺是偏西式風格的房間。

一名貴婦人正坐在其中一張藤椅上優雅地休息。

「好久不見了，婆婆。」

看到美世深深一鞠躬向自己打招呼，貴婦人——久堂芙由以目光犀利的細長雙眼瞥了她一眼。

「都說別叫我婆婆了，妳還是老樣子，是個很不機靈的女孩呢。」

不悅的嗓音、帶刺的發言。這樣的芙由，同樣也是一如往常。

不過，和第一次見面那時相比，她的態度似乎有軟化一些也說不定。

在一旁看著美世和芙由對話的清，大大嘆了一口氣，接著自顧自地在對面的藤椅上一屁股坐下。

隨後，他無語地以視線催促美世在自己身旁的椅子坐下。

「失禮了……謝謝你，阿清。」

向芙由知會一聲後，美世一邊感謝清的貼心舉動，一邊在他身旁就座。

從造訪薄刃家以來，清身旁的位置成了她固定的座位。

這是能讓美世放心又自在的位置。

「所以？妳這個不肖的媳婦，之前沒能好好解決自家門面敗壞的問題，現在又想來找我做什麼？」

對美世投以冰冷視線的芙由一針見血地這麼問。不愧是她。即使過著跟隱居山林沒兩樣的生活，卻仍相當清楚現今的社會局面。

雖然已經做好受到苛責的心理準備，美世仍一瞬間語塞。

看著這樣的她，芙由像是窮追猛打那樣繼續往下說。

「我可是百般忍耐呢。妳明白吧？被迫留宿在這麼樸素單調的旅館裡，辛辛苦苦拉拔長大的兒子，又因為妳而導致人生經歷沾上汙點。簡直不可饒恕。」

「……是。」

芙由的這番話，比任何辱罵指責都更讓美世心痛。

清霞因莫須有的罪名入獄。而且，就算打倒甘水，也不知道加諸於他身上的嫌疑能否被徹底洗刷。

因為他選擇美世做為自己的未婚妻，事情才會變成這樣。責任在美世身上。

今後，要是清霞的社會性權益受損，或是淪為眾人譴責的對象，美世恐怕會因痛苦和煎熬而發狂。

看到美世只能同意這番苛責的模樣，一旁的清開口對芙由施壓。

「住口，吾主可不記得妳有辛辛苦苦拉拔他長大。就算吾主的人生經歷沾上汙點，也不是美世的責任。」

「哎呀，這個式神還真聒噪。區區一介式神，也敢貶低你主人的母親，這會不會太不像話了？」

「這是吾主的意思。妳身為吾主之母，卻無法讓他懷抱敬仰之情，並不是因為我的錯。請別把我當成出氣筒。」

「你說什麼……？」

美世感覺房間裡的溫度驟降了好幾度。雖然只是清霞的式神，但清看起來似乎也無法跟芙由好好相處。

清以一臉淡漠的表情，語不驚人死不休地反駁，芙由則是怒氣隨時會爆發。

自己究竟有沒有能力化解現場的火藥味呢——正當美世認真開始煩惱這個問題時，芙由「啪」一聲用力闔上手中的扇子。

「我可沒有閒到會想跟年幼孩童鬥嘴來打發時間，快點說明妳有何要事。」

原本不知所措的美世連忙挺直背脊，端正自己的坐姿。

「是……是的！……我沒有什麼要事，只是想見您一面而已。」

這麼坦率回答後，芙由卻以詫異的眼神盯著她看。

看到芙由似乎在懷疑自己有什麼企圖的模樣，美世不由得緊張起來。不過，自己只是想見芙由一面，所以才過來見她，這點是無庸置疑的事實。

（我或許是希望有人能用嚴厲的態度對待我呢。）

不同於在娘家生活的那段時光，現在每個人都對美世疼愛有加。清雖然也會糾正美世的行為，但最後總是拗不過她而妥協。

這樣的環境讓美世感到舒適無比，讓她想繼續依賴大家。然而，她有時也會反過來感到不安。

倘若就這樣過著被寵溺、有如被棉花輕柔包覆著的日子，自己有一天恐怕會踏上再也無法回頭的那條路。

因為美世無法確實相信她自己。

「但我可不想見到妳喲——有什麼好笑的？」

「……非常抱歉。」

不知為何，芙由尖銳的言行舉止，總讓美世感到放心。

察覺到自己的嘴角不自覺上揚，美世連忙開口道歉。要是被挖苦還覺得開心，不就像個反常的怪胎了嗎？

「哼。還能這樣嘻皮笑臉的，看來妳很悠哉嘛。」

「啊……」

原本打算再次向芙由道歉，但想到她想表達的或許是其他意思，美世將湧上嘴邊的「非常抱歉」吞回肚裡。

芙由則是一如往常地自說自話，完全不在意美世的回應。

「妳的表情比我想像的像話一些，不過——當初向我誇下海口，說要以未婚妻的身分支撐清霞的妳，究竟上哪兒去了呢？現在的妳，看似已經下定決心，但其實還無法接受這一切吧？」

被芙由這麼一說，美世回想起來。

過去，在久堂家別墅遭逢那場騷動時，美世確實對芙由這麼說過。

『讓老爺能毫無牽掛、全心全意地面對自己的工作……是我所能夠做到的、屬於我的職責。我想把這件事做好。』

『我想幫上老爺的忙，我不想仗著未婚妻的身分一味依賴他。我想從自己做得到的每一件事慢慢做起，然後，在將來的某一天，變得能夠抬頭挺胸、帶著自信站在老爺身邊。』

那時，為了讓自己配得上「清霞的未婚妻」這個立場，美世竭盡所能努力。相較之下，就一名未婚妻而言，她覺得現在的自己應該多少成長了一些。

雖然成長的也只是「身為未婚妻的自己」這部分罷了。

（可是……）

芙由的指摘可說是一針見血。

在清霞發生那種事之後，為了不要再次後悔，美世終於決定向他坦承自己的心意。

然而，她真的應該把自己的心意告訴清霞嗎？之所以會陷入迷惘，是因為美世總覺得自己的心意和感情，似乎跟未婚妻或妻子這樣的立場相反。

這樣的困惑，至今仍未完全消失。

「嗳。」

「是。」

美世平靜地回應芙由的呼喚。一旁的清則是沉默地聽著主子的未婚妻和母親的對話。

「我們──身為女人的我們，要是想安穩度日，就只能一輩子愛著父母、家庭、丈夫或夫家的人們所獻上、給予我們的東西。」

「……是。」

「無論是自身的遭遇，甚至是結婚對象，面對端到面前的東西，只能催眠自己去愛他們，才能得到幸福。因為這是我們唯一所擁有的，所以只能去愛他們。大家都是這麼走過來的。要是做不到，就跟無理取鬧的孩子沒有兩樣。妳能明白吧？」

「是。」

芙由這番既真實又沉重的人生體悟，重重落在美世的心上。

女人沒有選擇權。即使無法做出任何選擇，人生仍會繼續進展。所以，她們只能去愛別人自作主張給予自己的東西。

美世認為，跟這樣的人生最無法相容的，便是戀慕之情。

「努力去愛父母替自己選擇的丈夫，跟談戀愛是不同的。」

「……」

果然如此——美世閉上雙眼——芙由也和她持相同意見。

夫妻之間不需要戀愛情感。就算沒有這種東西，只要互相敬重，一樣能建立起溫暖和諧的關係。

美世原本以為芙由會用這樣的理論對自己說教，但她的想法卻跟美世的想像天差地遠。

「試著分成兩件事思考就好了吧？」

「咦？」

「人心是自由的。就算必須努力去愛他人為自己選擇的丈夫，妳的心還是可以自由自在地去愛其他男人。沒有人有能力阻止愛苗萌生，所以這也是沒辦法的事情呀。」

美世不禁一臉茫然……不知是不是她多心了，房間外頭似乎同時傳來某種東西重重摔落在地的巨大聲響。

她壓根兒沒想到，芙由竟然會正大光明地建議她搞外遇。

真要說的話，這般目中無人的發言，其實也很像芙由的作風。總覺得清的眼神變得異常冰冷。

「這……這個……那個，這有點……我對老爺……」

「不然，問題在哪裡？」

聽到芙由這麼追問，不知該怎麼回答的美世沉默下來。

談戀愛會讓人看不清周遭的世界。因此，美世不想承認這樣的感情存在於自己的心中，也為了該不該說出口而感到猶豫。

不回答的話，就能將清霞定義成芙由所說的「必須努力去愛的、他人為自己決定的對象」。這麼做的話，就沒有人會受傷。

若想以妻子的身分扶持丈夫，「努力去愛」這樣的關係便十分足夠。

之前向芙由誇下海口時，美世還沒能想像自己的心境變化。她只是想主張在自己心中，身為清霞的未婚妻或妻子應有的理想模樣。

然而——

「真心戀慕的對象，跟自己必須努力去愛的對象是同一個人，不是很幸福的一件事嗎？妳知不知道自己現在的煩惱有多麼奢侈呀？」

「奢侈……」

「沒錯。能夠對丈夫同時懷抱親情和戀慕之情，這樣很幸福吧？原本有可能對不同男性懷抱的這兩種感情，現在全都集中在同一人身上，所以不會引發任何麻煩事。真的是奢侈不已的煩惱呢。」

說著，芙由又不屑地補上一句「真是無聊」。被她這麼一說，美世開始覺得問題似乎在於自己。

能夠赤手空拳直接粉碎這種煩惱的芙由，她實在無力與之抗衡。

「大多數的女人，都只能說服自己慢慢接受，過著妥協的人生。說到情愛，就只有從日常生活中一點一滴累積成形的親愛之情。但妳不一樣吧？讓妳傾心的，是身為自己丈夫的清霞，還是身為一個男人的清霞？」

這個問題的答案很清楚。美世抬起頭來。

「……兩者都是。」

「真是貪心呢……不過，這樣倒也不壞。」

雖然言談間總帶著一股不悅，但芙由想必是以自己的做法在鼓勵美世。理解了這一點之後，美世臉上自然而然浮現笑容。

或許有些難以理解，但這就是芙由愛人的方式。

「非常感謝您。」

「我可沒有在誇獎妳！」

看著突然發怒的芙由，美世忍不住再次笑出來。

◇◇◇

看到女兒轉身，準備悄悄從原地離去，正清起身問道：

「咳咳……妳要走了嗎？」

轉過頭來的葉月，臉上帶著雖然有幾分落寞、卻也相當神清氣爽的笑容。

「嗯。聽說美世妹妹要和媽媽見面，我原本還想過來幫忙，但在媽媽罕見坦率地開口鼓勵她之後，我反而不好意思進去了。」

葉月剛剛才來到這間旅館。在美世和清抵達此處時，正清便聯絡了久堂家主宅邸。慌慌張張趕過來的葉月，十分擔心只留下一張字條便離家的美世。

原本打算猛地衝進房裡的她，在聽到美世和芙由的對話後，或許也有了一些想法吧。

「真不甘心呢，因為我沒辦法說出那些話。不過……」

說著，葉月的嘴角壞心眼地上揚。

「爸爸，你沒關係嗎？媽媽建議女人搞外遇喲？」

「嗚！」

正清誇張地摀住胸口，發出痛苦呻吟。

芙由方才的震撼發言，讓他一瞬間腿軟而癱坐在走廊上。不過，那當然不是認真的。

芙由不可能搞外遇。

儘管那樣對自己的媳婦說教，但長年相處下來，正清很清楚芙由眼中就只有身為丈夫的他。

他也明白自己和芙由，是以有些扭曲不坦率的情感在對待彼此。

不過，這就是最適合他們的相處方式。

「你們還是老樣子耶……兩位都已經不年輕了，所以要適可而止喔。」

聽到女兒沒好氣地規勸，正清以滿面笑容回應她。

去年秋天見面時，正清便覺得葉月面對父母的態度，似乎比過去平靜穩重了一些。在結婚離開久堂家前，她跟正清夫妻倆之間應該存在著一道更深的鴻溝。

葉月之所以會出現這樣的改變，是因時間的薰陶，又或是拜久堂家的新成員所賜？無論原因為何，對正清來說，這都是個令人喜悅的變化。

「葉月。」

「什麼事？」

「大海渡似乎也平安無事。不僅如此，他還站在政府那邊，活力充沛地跟黑心政治家互相制衡著。妳放心吧。」

抵達帝都後，在美世尚未來訪時，正清便已經和各大相關機構取得聯繫。

因為這樣，他稍微掌握了關於政府和軍隊的詳細現況。而大海渡的動向也在這些相關情報之中。

葉月一瞬間像是在壓抑內心情緒那樣咬住下唇，但隨即又恢復成先前的表情。

「這樣呀，太好了。因為聽說聯絡不上他，我還以為發生什麼事了。」

「咳咳。雖然軍隊中樞已經落入甘水手中，但政府目前仍跟他們勢均力敵，所以陷入膠著狀態。應該不至於演變成大批人馬傷亡的事件，所以，我想不需要太為他擔心。」

說起來，要是連政府都被甘水掌控，帝國恐怕也到此為止了。光是軍隊淪為他的囊中物這件事，要是海外各國得知，說不定就會演變成相當嚴重的事態。

（……有可能引發戰爭呢。）

目前國家資安機構仍能正常運作，所以帝國軍本部淪陷的情報並沒有外洩，但國內一片混亂的現況，想必已經為海外各大強國所知。

未來，就算順利收拾掉甘水，仍有外交上的難題在等著帝國。

在這之後，身為軍方高層人士的大海渡，辛苦的日子恐怕才正要開始。譴責軍方或帝國的聲浪將會愈來愈強烈，除了為這些輿論滅火以外，他還必須穩定國內的混亂局勢、跟海外各國談判交鋒。

「……我才不會為那種人擔心呢。」

「這樣啊。」

「不要告訴美世妹妹我來過喲，爸爸。要是又讓她為這件事煩心就不好了。」

看到正清點頭以「當然」回應，葉月又以「啊，對了」往下說。

「你們兩位會在帝都待多久？」

正清和芙由之所以會造訪帝都，是因為清霞事先察覺到自己有可能陷入危機，於是在被軍方逮捕前聯絡正清，交代若是自己有個萬一，一切就拜託他了。

基於自己隱居的立場，正清原本只想靜觀事態發展，並沒有打算出手；但既然已經爽快答應美世的請託，他就無法繼續保持旁觀的態度。

這樣一來，這次的帝都行，就無法以一趟小旅行收尾了。

「既然都來了，我想待到結婚典禮舉行呢。」

「這樣呀。那你們可以來主宅邸住嘛。」

葉月的回覆讓正清暗自吃驚。方才的發言也是，他原本以為，對芙由反感至極的葉月，絕對會排斥跟自己的母親在同一個屋簷下生活。

「等我們享受夠旅館生活後，就會過去的。」

聽到正清這麼回答，或許已經心滿意足的葉月帶著微笑轉身。

看著她輕輕揮手離去的背影，正清也從棉襖袖子裡頭伸出手揮了揮。

◇◇◇

平常多半清閒寧靜的對異特務小隊值勤所外頭，現在擠滿了大批群眾。

美世和清悄悄躲進附近的建築物陰影處。

「稅金小偷！」

「賣國賊！還不快滾出帝國！」

不斷這麼咆哮的，是衣著、年齡和性別都各有不同的一般帝國國民。

其中，甚至還有人高舉寫著「帝國公敵」幾個大字的看板或布條。也有打扮看似記者的人物，以及企圖翻越緊閉大門的人。

異能心教和平定團發起的啟蒙活動，讓這些群眾對對異特務小隊湧現了不信任感。隱瞞異形和異能存在的政府；放任異形到處肆虐，卻還是能坐領高額乾薪的對異特務小隊成員。

大家群起譴責這樣的政府和對異特務小隊，認為他們根本沒有為人民著想。

雖然數量比過年那時少了一些，但至今仍每天都有報紙刊登這類的報導。

「……好多人呀。」

美世拉了拉鬆開的衣襟，嘆了一口氣。

離開明田屋後，美世和清在下午來到對異特務小隊的值勤所。不用說，兩人的目的當然是設法讓小隊成員們自由行動——本應是這樣的。

實際情況是，值勤所外頭沒看到負責站崗的軍人，反而是這群激動的人民成了阻礙。就算想穿越重重人牆朝值勤所靠近，恐怕也相當困難。

「打從一開始，我也不覺得能順利進去就是了。」

清冷靜地輕喃。

「該怎麼做才好呢？」

「走後門吧。」

在清的領導下，兩人避開群眾人潮，繞了一大圈來到值勤所後方。這裡的圍牆上設置了一扇平常不會使用的小門。

如果能打開那扇門，應該就能進入內部。

不同於正門處，這裡維持著跟平常沒兩樣的靜謐。

同樣不見負責站崗的軍人身影，只有幾名男女東張西望地徘徊。他們看起來跟聚集在正門處的群眾有著相同的來意。

「……還算幸運，這裡沒有警衛。但有那幾個人在看，就很難進去了。」

美世也同意清的說法，和他一起在原地靜待片刻。等到來來往往的人正好都走遠時，她配合清發出的暗號，匆匆靠近那扇小門。

「門……沒有鎖上呢。」

「看來是如此。」

清伸手去推感覺平時會上鎖的這扇門。伴隨著鉸鏈的金屬摩擦聲，門板順利被他往內側推開。

感覺自己彷彿成了非法入侵者的美世，戰戰兢兢地跟著走在前頭的清踏進值勤所內部。

從熟悉的供水處前方走過後，保險起見，兩人不是從正門玄關，而是從後方入口進入建築物內部。

「大……大家應該都平安無事吧……？」

後方入口附近也不見半個人影。

被限制行動的隊員們，據說不但無法回家，就連進出值勤所或透過式神聯絡外界的行為，都因為甘水的指示而受到嚴格監控。

也就是說，隸屬於對異特務小隊的成員，現在幾乎全數都被幽禁在這個值勤所裡。

原本以為踏進裡頭後馬上會遇到誰的美世，面對眼前這片死寂忍不住感到不安。

「可能聚集在某處吧，總不至於所有人都被甘水麾下的異能者變成一具具死屍。」

語畢，清在走廊上大步前進。

兩人就在沒有遇到任何人的情況下，來到清霞的辦公室外頭。

「我們這樣擅闖沒關係嗎……」

「不是擅闖，吾主已經批准了。」

清毫不在意地打開辦公室大門，連敲門的動作都省了。

「咦……」

一旁的美世只能輕輕發出驚叫聲。

清霞處理文書作業時使用的這間辦公室。一個月前還經常出入的這個室內空間，看起來沒有太大的變化。

然而——

鋪在辦公室正中央的地毯上——有個身穿軍服的男子臉朝下躺在地上。

「啊，喂……嗯嗯？」

除了倒地的男子以外，一名坐在清霞辦公桌前的男子朝兩人揮手。

（這是什麼情況？我……我現在該怎麼做才好！）

交互望向這兩名男子的美世，僵在原地說不出半句話。眼前的狀況實在太令人費解，大腦也因此放棄運作，導致她不知道該針對哪一點說些什麼。

美世仍愣在原地時，原本在桌前朝他們揮手的人物踏著輕快的腳步走來。

鮮豔的原色系做為底色再加上華麗花樣的羽織外套，以及一身輕便的和服打扮，讓這名有著花花公子氣質的年輕男子，看起來宛如一隻自在流連於花叢間的蝴蝶。

以一副旁若無人的態度，坐在對異特務小隊隊長專用椅子上的人，是辰石一志。

一志輕快地避開倒在地上的男子，來到美世面前。

「嗨嗨，這不是美世嗎？」

「呃，那個……您好，辰石先生。」

「妳好。」

雖然嘴上這麼回應美世的問候，一志的一雙眼睛卻一直盯著站在她身旁的清。

被死盯著看的清不悅地皺起眉頭。

「唔……噯，小弟弟，你幾歲了？難不成是久堂先生的私生子？」

在一志這麼說的同時，清小小的拳頭猛地直擊他的腹部。

「嗚呃！」

「想開玩笑的話，先慎選對象吧。」

清冷冷地俯瞰摀著肚子蹲下來的一志這麼說。宛如魔王，或說是魔人那般不帶半點慈悲心的眼神，簡直跟清霞一模一樣。

接著，原本倒在一志身後的那名人物，此刻像是被操控的死屍那樣緩緩起身。

「喔……喔喔～」

不僅如此，他還一邊發出詭異的呻吟聲，一邊朝美世等人逼近。

「啊，那個……辰石先生，您身後……」

聽到美世這麼說，蹲在地上的一志搖搖晃晃地轉頭望向她顫抖的手指所指的方向。

「噢，五道，你醒啦。」

原來那不是什麼會行走的死屍，而是五道。

變得消瘦又憔悴的五道，先是將一志一把推開，接著不知為何來到清的跟前跪下，還緊緊握住他的雙手。

「我……我看到天使了……您終於來迎接我了嗎……雖然不明白您為什麼長得跟隊長有點像，但事到如今，我不會在意這麼多。好了，請趕快帶我上天堂——」

「看清楚現實，蠢才。」

清以冰冷的眼神揮開五道緊握的手，揮拳重擊他的腦門。挨了這一拳的五道發出「嗚哇」的沉重呻吟聲，臉部也直接撞上地板。

面對突然在眼前上演的這齣慘劇，美世不禁掩住嘴角。

不過，這記強烈的衝擊，或許讓五道稍微清醒了。從原地爬起來的他，表情看起來正常了一些。

他再次望向清，然後誇張地用力眨眨眼。

「咦～為什麼？隊長變小了耶！」

看似真的很震驚的五道放聲大喊，清則是一臉厭煩地以手掩耳。

「吵死了……」

「咦？可是為什麼？隊長，您會不會變得太小了啊？哈哈哈，這是怎麼回事啊，真有趣——」

忍不住捧腹大笑的五道，腦門再次狠狠挨了一拳。

明明剛才也被清的拳頭擊中腹部，一志卻以彷彿不關己事的無奈笑容看著五道。

再這樣下去，事情恐怕會遲遲沒有進展。美世深吸一口氣，在心情變得較為平穩後開口。

「各位，可以坐下來談談嗎？」

雖然音量不算大，但美世迴盪在辦公室裡的嗓音，讓三名男性同時沉默下來。

現況究竟如何？今後該怎麼行動？必須商討的事情實在太多。要是不趕快進入正題，太陽都要下山了。

眾人在辦公室裡的椅子和沙發上坐下後，清隨即率先發聲。

「所以，為什麼五道會倒在地上，然後辰石出現在這個房間裡？」

聽到他的質問，一志笑而不答，五道則是以雙手掩面，宛如連珠砲似地開始抱怨起來。

「真的超級累人呢！因為隊長不在，我必須代替他統整小隊。而且，基於甘水的指使，本部那些傢伙盯這裡盯得很緊，讓我們無法離開值勤所半步。在這種情況下，隊裡有些血氣方剛的傢伙卻嚷嚷著『趕快去把隊長救出來吧！負責監視的傢伙算什麼啊，打倒他們就行了』。這麼做很不妥，所以我卯起來阻止他們，結果反而招來那群人的反感。再說，外頭又每天都被一堆激動的民眾包圍！」

光是想像，五道的辛苦遭遇便令人同情。在束手無策的狀況之下，淪為下屬之間的夾心餅乾，不難想像他消耗了多少心力。

就連美世聽聞這些後，都覺得胸口隱隱作痛。

「被關在這裡讓大家脾氣愈來愈暴躁，值勤所裡頭的氣氛也一天比一天糟糕。我們現在明明無法採取任何行動，跟異形相關的事件報告，卻還是一如往常地送過來，甚至還收過『你們連巡邏都想偷懶嗎』這樣的申訴呢。真要說起來，把一群大男人關在這種地方，要他們一起生活，這種事根本沒人做得到嘛！雖然可以通融我們外出採買糧食，但下廚、打掃和洗衣這些雜事，都已經事先決定好由誰負責了，卻還是會吵起來！」

至此，一志代替情緒不太穩定的五道繼續往下說明。

「就在這時候，大海渡先生捎來了聯絡。多虧他出面交涉，負責監視這裡的人員被撤走了。聽到大家終於能自由行動，好不容易放下心中大石的五道，就這樣昏厥過去。」

眼前五道憔悴的模樣，再加上他方才那番抱怨，這樣的反應恐怕也是理所當然。

聽完這些之後，清或許也明白五道的苦衷，只是嘆了一口氣。

「所以，隊員們現在是在百足山的指揮之下，待在道場之類的地方做開戰準備嗎？」

「嗯，差不多就是這樣。」

一志聳聳肩，一副看起來完全置身事外的態度。

這時，美世不禁道出自己的疑問。

「辰石先生，您怎麼會到這裡來呢？」

以優雅的動作翹起二郎腿後，一志「啪」地展開手中華麗的扇子，看似樂不可支地瞇起雙眼回應：

「我嗎？我想說久堂先生被抓走，應該會讓對異特務小隊傷透腦筋，所以特地過來揶揄從宮殿返回值勤所的成員們，結果就一起被關在這裡嘍。」

「……自作自受。」

沮喪至極的五道這麼輕喃。

的確。要是沒動了過來取笑大家這種無謂的念頭，一志也不至於被關在這裡。

總之，這樣一來，就能明白值勤所外頭無人看守的原因了。

大海渡目前也平安無事，而且還致力推行對抗甘水的方針。對美世來說，對異特務小隊能夠採取行動的現在，無疑是大好機會。

「不開玩笑了。接下來該怎麼做？眼前這位式神弟弟能指示大家行動嗎？」

完全無視五道的一志，以敞開的扇子掩嘴，一雙眼睛望向清。

面對一志像是打探的視線，清沒有動搖，只是淡淡地搖了搖頭。

「不，我不會給予指示，我不過是一介式神。關於今後的事情——」

看到清將話題重心帶到自己身上，美世朝他重重點頭，然後挺直背脊，對交疊在腿上的雙手微微使力。

「上午，我已經拜訪過久堂公公，向他請求協助。在各位和異能心教開戰前，我們打算明天就動身前往營救老爺。」

聽到美世這番發言，五道不禁屏息，一志則是圓瞪雙眼。

室內開始瀰漫一種明顯緊繃的氛圍。但美世毫無膽怯之色，仍筆直望向眼前的兩人。

想救出清霞的話，光憑美世一個人的力量完全不夠。這兩人的理解和協助，絕對是不可或缺的東西。

「這樣太危險了！」

最先出聲反對的人是五道。

這是當然的。明顯沒有戰鬥能力的上司的未婚妻，竟然打算做出自投羅網的行為。要直搗甘水大本營這點，跟美世一開始打算做的事情並無不同。

不過，她現在的心境，以及做好的心理準備，已經跟當初完全不同。彷彿腦袋深處變得極其冷靜、思緒也因此清晰起來的這種感覺，是之前所沒有的。

（……我不但弱小，才學也很淺薄。）

在帝國軍本部，美世有能力贏過的敵手，恐怕一個也沒有。但如果因為這樣而放棄，就無法解決任何問題。

「就算這樣，我還是要去。」

「不，可是……」

五道打算再次開口勸阻時，卻被一志制止。後者靜靜將闔起來的扇子擋在他面前，雖然感到詫異，但五道也因此沉默下來。

「──我知道了。既然這樣，我陪妳一起去吧。」

聽到一志以稀鬆平常、若無其事的語氣這麼說，五道震驚地轉頭望向他。

沒料到一志會這麼提議的美世，同樣吃驚到一瞬間停止呼吸。

「啥？你說什……」

「因為我比較適任嘛，五道太頑固了～」

以平淡表情回應的一志，態度感覺跟平常沒什麼不同，讓人無從判斷他是認真的，又或者是在開玩笑。

不過，包含美世在內，在場的所有人其實都感受到一志眼底若隱若現的認真氣魄，所以能明白他並不是在說笑。

「真的……可以嗎？」

雖然美世本人沒有這個意思，但她這麼問，聽來彷彿是在確認一志是否已經做好赴死的準備。

然而，一志感覺完全不把這當一回事，仍是一派輕鬆地以「當然」回應。

「可以的話，我是希望能迴避麻煩事啦。沒辦法，少了久堂先生，我們就只是一群烏合之眾而已呢。」

烏合之眾……美世默默在內心重複這句話。

從五道方才的抱怨內容聽來，恐怕的確是這麼一回事。異能者已經習於追隨比自己更高強的存在，或許就像野生獅子的群體那樣。

當然，美世並不是想說五道沒有率領眾人的資質。

「非常感謝您。其實，我一開始也是打算請辰石先生協助我。」

美世畢恭畢敬地朝一志低頭致謝。

就算對異特務小隊陷入四面楚歌的狀態，也不代表隸屬於帝國軍的五道等人能夠完全自由地採取行動。

從這方面來看，非軍方相關人士的一志，不管做什麼，都不會像上位者那樣被逼著負責，也不會將他人捲進來。

他可說是最適合讓美世請求協助的人物。

「啊，果然嗎？那就這麼決定嘍。」

說著，一志洋洋得意地以扇子拍了拍自己的掌心。五道則是一臉欲言又止地看著這樣的他。

為自己無法親自前往拯救清霞而感到不甘，同時也為一志的安危和將來的發展感到憂心。看在美世眼裡，五道的表情透露出這些錯綜複雜的情緒。

在安靜下來的辦公室外頭，遠處開始傳來些許人聲。

是開始為戰鬥做準備的隊員們的聲音，還是在圍牆外頭質疑對異特務小隊存在意義的群眾的聲音？

在沉重空氣稍稍緩和下來的瞬間，清吐出一口氣。

「五道。」

「……是。」

五道回應他的嗓音，透露出幾分像是在鬧脾氣的感覺。

「之後就拜託你了。」

「是。」

聽到清這麼說，五道隨即正襟危坐，恭敬地向他低頭致意。抬起頭來時，五道臉上已是率領整支小隊的領導者的表情。

不過，他隨即又憂愁地嘆了一口氣。

「……聽到這種話，我也沒辦法說些什麼了啊。」

看到將眉毛彎成八字狀表示「畢竟我的肩上也背負著不少東西嘛」的五道，美世鬆了一口氣，一旁的清也輕輕點頭。

之後，一行人繼續商討今後的行動計畫，並做出結論。

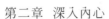

美世、清與一志明天便動身，潛入被甘水暗中掌握、囚禁著清霞的帝國軍本部。

雖然也想過可以由五道率領的對異特務小隊，以及正清召集而來的異能者們先進行突襲，來個聲東擊西；但要是戰況變得激烈，只會讓無論怎麼偽裝，看起來都不像軍人的美世等人顯得格格不入，導致潛入行動受阻。

因此，最後決定先由美世等人潛入帝國軍本部，等他們抵達清霞所在處之後，再讓五道等人引發騷動。

若是大批異能者浩浩蕩蕩地進攻，甘水想必得讓麾下的士兵前往迎擊，內部的戰力也會因此變得薄弱，讓美世等人有機會和甘水本人對峙——就是這樣的道理。

（要是新先生出現……）

美世想起此刻本應也在場的表哥。

新同樣是個棘手的戰力。他會在異能者和人工異能者雙方人馬正面交鋒時親上前線，或是守在甘水身邊？

無論是何者，五道和一志似乎都已經設想好對策。

（新先生想必會在我們面前現身吧。）

美世能夠這麼斷言。不過，為了意外狀況而預先做準備總是好的，所以她並不打算強力主張這一點。

她只是想阻止新，這就是她的想法。

「就是這樣。那麼，我們會開始進行相關準備。美世小姐，我想你們還是暫時離開這裡會比較好。今天或許還沒問題，但監視體制不知道什麼時候又會開始運作。」

聽到五道這麼說，美世也表示同意。

好不容易擬定了分頭進行的計畫，要是連美世等人都被困在值勤所裡，無法自由行動，問題可就嚴重了。

更何況，要在清一色是男性的值勤所裡過夜，也讓身為未婚女性的她有所顧忌。

「太好了。那我也可以跟著離開吧？這種擠滿男人、髒髒臭臭的地方，真的讓我很受不了呢。」

看到一志誇張欣喜的模樣，五道惡狠狠地開口。

「真抱歉喔，讓你待在這種髒髒臭臭的地方。反正，不管是什麼地方，只要沒有漂亮大姊姊，你應該都會不滿吧～」

「你這不是很清楚嗎？」

這兩人真的是無論睡著或醒著，找到機會就想跟對方拌嘴。

但現在，表現得一如往常的他們，反而讓美世感到安心。接下來，就是讓清霞和新回到這裡——

一定要讓這次的行動成功。這次，輪到美世成為大家的力量了。

（即使只有棉薄之力，我也要全力以赴。）

美世茫然聽著五道和一志鬥嘴的聲音，在腦中描繪出和煦平靜的日常光景。

◇◇◇

在夕陽開始西沉、天空逐漸染上夜色的傍晚，美世等人離開對異特務小隊的值勤所，帶著一志再次造訪薄刃家。

儘管美世等人突然帶著客人來訪，義浪仍熱情款待眾人。

「哦～我原本還以為薄刃家會是個什麼樣的地方，結果意外地很普通呢。」

聽到美世表示要在薄刃家留宿後，在前來的路上，一志一直顯得相當興奮。一抵達薄刃家，隨即不停東張西望的他最後做出了這樣的評語。

看到從以前就認識的一志出現在薄刃家，讓美世有種奇妙的感覺。

「美世。」

「是……？」

簡單用過晚餐後，美世讓一志待在一樓的客房，自己則是準備和清一起返回之前使用的房間時，義浪叫住了這樣的她。

「妳今天去了哪裡？」

「是。我去拜訪了久堂公公和婆婆，之後又去了對異特務小隊的值勤所一趟。」

美世察覺到義浪關心自己的心意，於是坦率向他報告今天的行程。

明天就是決定命運的關鍵之日。要是一個不小心，有可能會賠上性命——宛如生與死之間的界線，沉重而緊緊纏繞在一起的孽緣所導向的終點。

美世打從心底覺得，在決戰前的這一晚，自己有個能夠回去的地方，真的是太好了。

回去久堂家主宅邸，感覺會有些尷尬，但清霞的家又太冷清了。

「是嗎？就是明天了啊。」

看到義浪以頓悟一切的表情這麼輕喃，美世朝他點點頭。外祖父衰老的容顏上浮現了虛弱的微笑。

「在澄美出嫁後，老夫就不曾感受過這種心情了。」

這句出乎意料的發言，讓美世屏息。

什麼都做不到，只能默默目送對方離去，是一件十分辛酸的事。她回想起因莫須有的罪名遭到逮捕，被迫離開自己身邊的清霞的背影。

那個當下，是她至今為止的人生當中，最為自己的無能為力和怯懦感到懊悔的一刻。

不過，這也是昔日那個心中幾乎不存在任何重要人事物的自己，絕不會感受到的痛楚和不甘。

「……外祖父，謝謝您這樣替我擔心。」

「美世……」

「我一定會回來，然後邀請您參加在春天舉辦的結婚典禮。屆時，還請您務必前來喲。」

美世不知道自己明天會迎向什麼樣的結局，簡直就像是還在齋森家生活的那段日子。

不過，兩者之間有個決定性的不同。

現在的美世，能夠對未來懷抱著希望活下去。她可以斷言，現在的自己，和過去每天都渴望能就此死去的自己，有著截然不同的心境。

美世不會再有「死了也無所謂」的念頭。今後，她會活下去。

（可是，我需要老爺。）

美世盡全力對義浪展露開朗的微笑。

「說得也是……老夫很期待呢。」

和義浪道別後，美世踏進二樓的房間，輕輕關上房門。疲勞感在下個瞬間一口氣湧現，讓她變得全身無力，只能倚著房門癱坐在地上。

「呼……」

默默跟著她走進房裡的清，探頭望向美世低垂的頭。

「妳還好嗎？」

「是的，我沒事。」

雖然這麼回答，美世的手腳卻令人難為情地不停微微顫抖。

其實，她真的很不安。一想到明天的計畫，總讓她擔心自己能不能成功、所有人能不能全數平安歸來。這樣的緊張感，讓美世彷彿胸口被撕裂那般痛苦。

要是不表現得開朗堅強一點，感覺自己馬上就會變得無法動彈。

「──妳果然很擅長逞強啊。」

美世忍不住「咦」地抬起頭。

清的說話語氣總和清霞十分神似。剛才那句話，幾乎就像是從清霞口中說出來的。

不可能有這種事。清只是有著年幼清霞樣貌的式神，並不是清霞本人。

清以溫柔眼神凝視著因吃驚而僵在原地的美世。

「別這麼害怕。我發誓，不管發生什麼事，我都會保護妳。」

清的臉慢慢靠近。他的額頭「咚」一聲輕輕靠上美世的。本應沒有體溫、觸感總是相當冰冷的他，現在卻似乎透出些許熱度。

（感覺好溫暖又讓人放心……）

身為式神的清，既沒有心跳，也不會呼吸，卻讓美世感覺自己緊繃不已的身心慢慢放鬆下來。

「謝謝你，阿清。」

美世不再顫抖了。或許是錯覺吧，吐出一口氣之後，她總覺得身子也變暖了一些。

「放心睡下吧。再不然，我唱搖籃曲給妳聽。」

「搖籃曲……」

啊啊，這或許不錯呢。美世憶起小時候，負責照顧她的花姨也曾唱搖籃曲給她聽。想像清唱搖籃曲的模樣，讓她的嘴角不自覺上揚。

鬆開一頭長髮、換上睡衣後，美世在床上躺下。

剛才內心明明還充斥著不安的情緒，但現在，美世所感受到的，只剩下夜晚慵懶的氛圍。

「阿清，你願意為我唱搖籃曲嗎？」

「嗯……真拿妳沒辦法。」

彷彿重返童年時光的美世，開口央求坐在自己身邊的清。後者點點頭，以平靜的表情開始唱歌。

那是嘹亮清澈、宛如天籟的嗓音。

輕柔的曲調，感覺馬上能讓人湧現睡意——美世原本是這麼想的。

（哎呀……？）

不知是不是多心了。原本以為自己會聽著清的歌聲安詳入睡，但美世此刻卻覺得曲子的旋律好像有哪裡不對勁。

和動人的嗓音相較之下，高低音聽起來似乎不太穩定。

（難道是走音了？）

美世沒聽過清哼唱的這首曲子，但她判斷他唱出來的音階恐怕不太正確。

她稍稍睜開閉上的眼，窺探清臉上的表情。但他看起來一臉泰然自若，並沒有在意自己唱錯音階的問題。

（……呵呵。）

看來式神不擅長唱歌，這樣的新發現讓美世更加放鬆。她再次閉上雙眼。

清的搖籃曲並沒有讓緊張感消失。儘管如此，美世的心情仍在不知不覺中變得正向而平穩。

聽著有些走音的曲子，她感到自己的意識逐漸矇矓。

逞強是美世的特長。明天……只有明天就好，她必須逞強到人生無法再做到第二次的程度。

不是為了壓抑內心的不安，而是為了獲得往前進的力量。

美世輕輕按著收在懷裡的護身符，然後墜入夢鄉。

# 第三章　落幕的夢境彼端

從口中呼出來的氣息，化為一片明顯的白霧。

為了暗中潛入帝國軍本部，美世等人在清晨離開薄刃家。這天的氣溫比之前更低，寒冷的空氣幾乎足以讓手腳末稍凍結。

現在是朝陽尚未升起，周遭景色仍有些昏暗的時間帶。

夜晚與白天交替之時。在這片看不到月亮或太陽的淺藍色天空下，美世、清和一志來到了帝國軍本部。儘管步伐輕鬆得彷彿只是外出散步，三人臉上的表情仍略顯緊繃。

自己是第幾次造訪此處了呢？

每次造訪帝國軍本部，都讓美世留下不太好的回憶。對她來說，這裡是個令人避之唯恐不及的地方。

不同於先前那種不詳的靜謐，多數人仍在熟睡、幾乎看不到半個人影的街頭，軍人的數量同樣也很少。

再過不久就要天亮了。這樣的時間帶，站崗的人最容易鬆懈下來。

儘管如此，帝國軍本部的正門處幾乎不可能出現無人看守的情形。不過，美世「看到」了。就在今天早上的這個瞬間，正門外頭會剛好沒有人在。

「我們走吧。」

筆直望向前方的美世開口催促清和一志。

現在時刻一如他們的計畫。三人邁開腳步後，幾天前還有那麼多名軍人嚴加戒備的正門，現在卻在無人看守的狀態下敞開。

在沒被任何人制止的狀態下，美世等人極其自然地踏進帝國軍本部。

「沒想到帝國軍本部的維安竟然這樣漏洞百出啊。這不是只能笑了嗎？」

一志轉頭望向三人剛跨越的正門，有點脫力地這麼說道。美世笑著搖了搖頭。

「我想，平常應該不至於如此。真的只是恰巧在今天這個時間點沒人而已。」

「就算是這樣，也有必要重新審視一下警備體制啊。」

清以嚴肅的表情低語。

警備體制會變得鬆散，其實是因為甘水的緣故。美世明白這一點，清當然就更不用說了。

針對有可能反抗自己的軍方幹部及其下屬，甘水想必不會指派工作給他們。也就是說，單純是人手變得比平常更少的問題。

而這樣的狀態，就算在甘水遭到制服後，依舊會持續下去。

因為政府不能讓一度協助過甘水的人物，繼續留在原本的崗位上。狀況可以說是會變得跟現在完全相反。

美世依據自己「看到」的未來，一邊和另兩人低聲交談，一邊在帝國軍本部裡沒有鋪設走道的的沙礫地上前進。

各部隊的休息室、宿舍、醫院，一段距離外還有大型訓練場和車庫。外頭零星的煤氣燈透出亮光，但建築物裡頭還不見任何點亮的燈光。

三人的目的地是囚禁著清霞的牢房，以及可能是甘水藏身處的司令部。

「感覺妳都知道怎麼走呢。」

看到美世毫不猶豫地前進的模樣，一志這麼輕聲開口。

「是的。因為我確實知道。」

美世只是照著在夢境裡「看到」的路線前進罷了。直到此刻，狀況發展都尚未偏離她夢中的預測。

大樓之間的間隔開始變得狹窄，三人已經踏進建築物密集區。在這之中，牢房散發出來的氛圍格外不尋常。

設置在帝國軍本部裡頭的牢房，收容的罪犯人數並不多。因為這裡跟一般監獄的性質不同，主要是作為拘留所使用。

不過，牢房的腹地外圍有著難以攀爬的高牆，再加上建築物本身的牆壁全都以磚頭砌成，窗戶也是鐵窗設計，看起來仍是格外堅固。

聳立在正面的，是兩層樓高的管理大樓。因為有倉庫等建築物擋著，無法從外部窺探大樓內側的情況。

軍方設施一般給人堅固冰冷的印象，而這個區域更散發著格外強烈的魄力。

美世忍不住屏息。

接下來，他們得入侵這個地方。而且，囚禁著清霞這名強大異能者的，還是位於最深處的特殊地牢。

儘管能看到未來，潛入行動仍不是一件簡單的事情。

「我想，接下來應該會頻繁遇上帝國軍的人。到時候——」

「為了避免我們的存在曝光，我會馬上手腳俐落地採取對應。」

聽到美世這麼說，一志對她露出彷彿早已理解這一點的笑容，清也沉默地點點頭。

（太好了。他們真的好可靠呢……）

要是美世隻身前來，事情就無法這麼順利進展。

感覺緊繃的神經稍稍放鬆的她，點頭回應身旁的兩人。

管理大樓的正門玄關鎖著。三人繞到旁邊，選擇從位於管理大樓最角落、沒有設置鐵窗的窗戶入侵。

（這扇窗戶應該沒上鎖才是。）

美世伸出手，但窗戶的位置偏高，窗外又有盆栽阻擋，讓她的手遲遲搆不著。

在美世默默地拚命伸長手時，她身後的一志伸出手，輕而易舉推開了沉重的窗戶。

美世轉過頭，和一臉毫不在意的一志對上視線。

在她開口說些什麼前，一志隨即翩然躍起，宛如特技表演者那樣輕飄飄地降落在敞開的窗邊。

美世本人沒有什麼實際感受，但此刻，她再次體會到異能者高人一等的體能。

一志將手中的扇子收進懷中，然後朝美世伸出手。

「……謝謝您。」

以像是囁嚅那樣很勉強才能讓人聽到的音量道謝後，美世抓住一志伸過來的手，努力爬上窗框。

負責殿後的清也輕快地跳進窗戶內側，無聲無息地著地。

「這裡大概是資料室之類的？」

輕輕關上窗戶的一志有些好奇地開口。

三人入侵的這個房間，可以看到許許多多書籍和文件整齊擺放在木頭櫃子上。再加上到處都是灰塵的獨特光景，或許如一志所言，這裡就是倉庫或資料室之類的地方。

感覺鮮少有人靠近的這個房間，是最適合潛入的地點。

「……門戶安全的確認未免做得太隨便了。」

清再次皺起眉頭這麼輕喃。

這裡很少有人進出，所以，或許是誰忘了上鎖，卻一直沒人發現這回事吧。明明是軍方的設施，竟然如此輕忽怠慢。

對美世等人來說，這樣的狀態，是現在的他們求之不得的；不過，等一切都結束後，或許有必要提醒一下軍方。

◇◇◇

一志從內側稍稍打開資料室的大門，透過門縫觀察外頭的情況。幸運的是，管理大樓的走廊上只有透出昏黃亮光的夜燈。在這片寂寥中，看不到半個人影、也感受不到其他人的存在。滯留在室內的濕氣，讓人有種揮之不去的不快。

一志轉過頭，對著以僵硬表情望向他的美世和清點點頭。

看到兩人點頭回應後，一志躡手躡腳地推開門，在沒有發出半點聲響的狀態下來到走廊上。

（還真是令人緊張啊。）

就連人生第一次和異形對峙時，一志都不曾像現在這麼緊繃。彷彿皮膚不停被針扎的感覺，幾乎令他興奮得渾身打顫。

他望向像是在帶路那樣走在最前頭的美世的背影。

挺得直直的背脊，讓她的背影散發出一種凜然的氣勢。踩在地上的每一步，都顯得內斂而高雅，完全沒有躁動不安的感覺。

這個身影如此瘦小，卻有著宛如在皇宮迴廊上昂首闊步的公主那般的氣勢。完全不會給人靠不住的感覺。

接近走廊轉角時，一志主動表示要到最前頭搜尋敵人的蹤跡。確認轉角另一頭沿路上都沒有其他人後，三人又繼續前進。

——然而，他們的後方突然傳來開門聲。

某個房間的門「嘰～」一聲被人粗魯地推開。不過，在開門的人現身前，一志便無聲無息地朝他衝過去，從後方以手臂勒住他的頸子。

「嗚……」

發出短短的呻吟聲後，這名壯年軍人便失去意識倒地。他八成連一志等人的長相都來不及看清楚吧。

一志並沒有取他性命。無謂的殺生不會帶來任何好處。

「呼～」

一志望向敞開的房門，以肉眼確認房裡沒有其他人的身影後，放鬆地吐出一口氣，然後抬起腳跨過倒地的軍人。美世和清也隨即趕了過來。

「您的表現真的太精彩了。」

「我今天的工作就是負責開路，所以這也是理所當然的啊。」

儘管不是軍方的一員，但這點程度的武力應對，一志早就習以為常。

一志本身的異能並不強，而且老實說，他也無法靈活運用這個能力。

不過，身為有一天會繼承家業的長子，總不能什麼都不會。所以，他開始磨練不透過異能，也能夠讓自己確實盡到本分的技巧。

他最擅長的術法破除便是其中之一，至於基本的武術，一志也大致都學過了一遍。

一志的弟弟原本以為他只是個遊手好閒的人，但他可是有好好在遊玩的同時鍛鍊自己。

「……是。非常感謝您。」

以略微悲傷的眼神俯瞰倒地男子後，眉毛彎成八字狀的美世帶著淺淺的笑道謝。此刻的她，仍帶著方才那種高貴的感覺。

（感覺完全就是反對暴力、所以在勉強自己的表情呢。）

一志取出收在懷裡的扇子，以它遮掩自己的嘴，一雙眼睛則是望向美世。

「我們加快腳步吧……不久之後，這位大人的同事會因為他遲遲沒有現身，所以過來這裡察看。」

道出自己具體的預測後，美世轉身踏出步伐。日式褲裙的下襬隨著她的動作輕輕揚起。

只有剛才望向被一志打倒的軍人時，她的臉上浮現了脆弱的表情。此刻，毫不猶豫地前進的她，身上早已沒了過去的影子。

不過是在逞強——雖然說要如此斷言的話，也或許的確是如此。

之後，在美世領導下，一行人進入管理大樓內部，來到管理大樓和收容罪犯的牢房大樓之間的交界點。

這個交界點是一條戶外走廊。想踏進這條走廊，會先經過一片鐵絲網圍籬。想當然爾，要是沒有鑰匙的話，不可能從這片自天花板一直延伸到地板的鐵絲網鑽過去。

一志掏出從剛才的軍人身上撈來的一串鑰匙，將鐵絲網的出入口打開。

這個出入口似乎沒有被施以打開就會發動的陷阱或術法。

（感覺可以繼續前進呢。）

待一志打開出入口，美世朝他輕輕點頭致意，接著便毫不猶豫地踏上戶外走廊。她依舊沒有吐露半句喪氣話、沒有表現出一絲不安、也沒有發抖。

啊啊，她真的變得不一樣了——一志在內心這麼想。

那時——在一志還是個青澀的少年，辰石家也尚未只靠他一人撐起的時期，辰石家的家宅和齋森家宅很近，兩家也維持著友好的關係。

年齡跟齋森家姊妹有一段差距的一志，除了忙著在外頭玩「大人的遊戲」，也必須為了繼承家業而勤加鍛鍊，因此並沒有特別和姊妹倆來往；不過，每當兩家有機會交流時，他便時常能窺見這兩人的模樣。

即使看在外人眼中，齋森美世也是個跟齋森一家格格不入的少女。這便是一志對她的印象。

憔悴的面容，以及揮之不去的陰鬱表情。此外，她總是低垂著頭，所以不會跟任何人對上視線。彷彿自己只能注視著地面那樣。

跟活潑外向的妹妹相比，簡直就像光與影。除了幸次以外，無人會主動接近美世，她就像個靜默的影子。

她完全沒有亮眼之處，是跟「華美」這種形容詞完全相反的存在。不管怎麼看，都沒有足以吸引他人的特質。

不過，現在又如何呢？

美世的服裝打扮，跟一般年輕有朝氣的女學生無異，但儀容姿態，以及舉手投足的動作，都高雅從容得宛如最上流的貴族千金。

現在的她，看起來雖然仍和絢爛華美一詞無緣，卻比一志至今遇過的任何一位女性都要來得美麗。

每當她踏出一步，鬱悶的空氣就會變得清新起來，讓這個枯燥乏味的空間，彷彿飄散著被露水沾濕的野花淡淡的香氣。

想必不會再有誰認為她見不得人了。

「您怎麼了嗎？」

看到美世轉身這麼問，一志搖搖頭。

「沒什麼，得加快腳步才行呢。」

一志隨意帶過這個提問後，一行人也來到戶外走廊的盡頭，準備踏入罪犯所在的牢房大樓。

看著彷彿把這裡當成自家那樣熟門熟路的美世，一志想起了目前遠在他鄉，因為愚蠢而很有調侃價值的弟弟。

（幸次，雖然你是個膚淺天真到無可救藥的孩子，但或許還挺有看女人的眼光喔。）

遺憾的是，他輸給了一樣有看女人的眼光，同時卻也無所不能、萬夫莫敵的清霞。不過，這也是沒辦法的事情。

想著，一志不禁嘴角微微上揚。他無視以像是看到古怪光景的眼神仰望自己的清，繼續在往前方拓展開來的黑暗中前進。

◇◇◇

通往地底的階梯位於牢房大樓的最深處，看起來是個彷彿會將人吸入裡頭的漆黑洞穴。泥土味和酸敗味，隨著從下方吹來的寒風竄入鼻腔。

洞穴入口設置了上鎖的鐵柵欄，肉眼可見的階梯前段看起來十分陡峭。

實在很難想像有人待在這下頭。

（雖然已經在夢中見識過，現實卻更令人煎熬。）

美世按住胸口，試著平撫自己高漲的情緒。

無論心情再怎麼焦急都必須謹慎行動。她這麼說服自己時，一志以鑰匙打開了上鎖的鐵柵欄。

清點起從看似資料室的房間拿來的提燈，然後舉起。

「妳還知道這裡會需要燈光啊。」

聽到一志像是自言自語的發言，美世點點頭。能夠順利入侵帝國軍本部的時間和路線、牢房大樓的潛入地點、撞見帝國軍人的瞬間、需要的物品。

這些，美世全都是透過夢境得知。

然而，她也明白夢中所見的未來並非定局。比她所知的狀況更慘烈的未來，今後並不是完全不可能發生。

為了不要表現出一絲膽怯或不安，美世至今一直鼓舞自己；不過，一想到這裡，她就覺得一顆心彷彿要被擊潰。

（……老爺，請您一定要平安無事。）

美世這麼誠心祈禱，又用力深呼吸一次後，便仰賴提燈的火光，從步步驚心的陡峭階梯往下。

這座階梯的每一階都十分窄小，要是一個沒注意，很可能就會踩空。

各種緊張的情緒混雜在一起，堵住美世的喉頭，讓她有些呼吸困難。手腳的動作彷佛也變得遲鈍。

（——好可怕。）

會不會為時已晚了呢？在夢中看見的，或許不過是自己的願望，在現實世界等著她的，可能是更加殘酷的結果。

一旦開始往壞的方向想，就停不下來。

美世對幾乎要因恐懼而止步的雙腳使力，確實踩著階梯，一步步走向昏暗冰冷的地底。

鞋底傳來類似踩到砂石的沙沙聲。這不同於鐵梯的觸感，讓美世明白她已經抵達牢房大樓的最下層。

以提燈的微弱火光照亮周遭後，可以窺見比她的夢中光景更不堪入目的地牢環境。直接裸露在外的土牆；沒有燈光的話，恐怕伸手不見五指的深邃黑暗；以及比戶外更強烈好幾倍、足以讓鼻腔和口腔黏膜凍結的寒冷與濕氣。

儘管穿著保暖的衣物，仍讓人有種體溫不斷流失的感覺。

人不可能在這種環境下存活。

令人不適的冷汗從額頭滲出，近似於絕望的不祥預感從胸口閃過。

確認身後傳來清和一志接連抵達的輕微腳步聲後，看著眼前幾乎無法同時讓兩人並行的狹窄走道，三人選擇排成一列隊伍前進。

這裡的牢房數量看起來並不多。

走道的左側是土牆、右側則是牢房，每個牢房之間有很大的間隔。不過，每個牢房裡都空無一人。到處可見坍塌的土堆，景色極為荒涼。

「可以先停下來一下嗎？」

走在美世身後的一志突然這麼開口。

如一志所說的停下腳步後，美世照著他的指示，用提燈仔細照亮一旁的牢房內部，發現裡頭有個以細樹枝搭成的木台。上頭還繫著加上紙垂的繩子，看起來像是某種祭壇。

一志不費吹灰之力卸下一部分生鏽腐蝕的鐵柵欄，朝那個祭壇走近。

「這果然是用來妨礙異能者施展術法或異能的封印術呢。」

聽到一志只是稍微一瞥就道破的事實，美世不禁屏息望向身旁的清。清是式神，亦即術法的一種。遇上會妨礙術法的封印術，難道不會有問題嗎？

「雖然不能說是不要緊，不過……這只是讓異能者無法在這個地牢裡施展術法而已，像式神弟弟這樣已經用術法打造出來的存在，應該沒什麼問題。」

察覺到美世顧慮的一志這麼說明，清也點頭肯定他的說法。

「總之，我先拆掉這個東西吧。等我一下喔。」

說著，一志再次轉身面對祭壇，先是以手中的扇子「啪」地敲打另一隻手的掌心，再以那把扇子輕輕觸碰祭壇的表面。

接下來的變化顯而易見。

祭壇像是腐朽似地開始脆化、崩塌。儘管地底的環境惡劣依舊，但令人呼吸困難、彷彿足以將人壓垮的那股沉重空氣，一瞬間變得豁然開朗起來。

「好厲害啊……」

不愧是破除術法的專家。看到一志出色的表現，美世不禁將讚譽脫口而出。一志則是俏皮地朝她眨了眨眼。

遠處傳來水滴滴落地面的聲音。

返回走道上的美世，聽著滴答、滴答的規律聲響，心無旁騖地繼續往前進。

離開並排牢房的盡頭已經過了好一陣子，卻仍未看到清霞的蹤跡，只剩下兩旁都是土牆的走道不斷向前延伸出去。

（老爺他……老爺他真的在這種地方嗎？）

美世感到愈來愈不安，也愈來愈沒自信。

愈是往前走，地底的空氣愈是冰冷刺骨，而且似乎也愈來愈黑暗，讓人不禁疑神疑鬼起來。

「等等。」

跟剛才一樣，一志再次出聲制止一行人。

「前方感覺有誰在。」

沒等他繼續往下說，美世便一股勁往前衝。感覺有誰在，那個人會是——

凹凸不平的泥土地讓她的腳步數度踉蹌，但拎著提燈的美世仍不停往前跑。

在前方等著的，也有可能是危險的人物。儘管如此，再也無法按兵不動的美世，一雙腳仍不受控制地向前奔去。

前方那片提燈火光不足以照亮的黑暗中，傳來一陣金屬碎裂的聲響。

一腳將鐵柵欄踹飛，自力從牢房中脫困的他，身影模糊地浮現在提燈微弱的光芒之中。目睹這一幕的瞬間，美世心中百感交集的思緒，隨即和淚水一同滿溢出來。

「老爺……！」

從顫抖的唇瓣之間迸出來的，是極為不穩定而狼狽的哭腔。

不過，美世早已顧不得這麼多，只是一頭栽進他的懷裡，主動以雙手擁抱那冰冷不已的細瘦身軀。

「美世。」

聽到清霞有些愣住的沙啞嗓音，美世內心湧現了一股安心感。宛如陽光驅散了覆蓋天空、令人不安的烏雲那樣。

——趕上了，夢境化為真實了。

落在地面的提燈發出清脆的聲響。

儘管裡頭的火光在同時消散，但或許是清霞施展了點火能力，設置在地底通道牆上、感覺好一陣子無人使用的照明設備冒出火光。

「老爺，我……」

雖然放心了，但事情還沒有結束。美世還有絕對要馬上傳達給他的心意。

因為她已經發誓不想再後悔了。

「老爺。」

「嗯。」

美世好不容易嚥下哽在喉頭的熱氣而開口，清霞則是耐心地聆聽。

好溫柔。自從兩人相遇後，清霞的這股溫柔和溫情，便接受、擁抱了美世的一切，一直守護著她。

因為不願失去這樣的清霞，在內心萌生的那股全新的情感，讓美世感到恐懼。

不過，她這樣的想法是錯的。

「……老爺，對不起。」

她勉強擠出來的第一句話，是賠罪的話語。

被她擁著的清霞身子微微一顫。美世又接著往下說。

「那時，我心底明明已經很清楚了，卻沒能回覆您半個字。」

她抬頭仰望比任何人事物都來得重要的未婚夫的臉龐。

他白皙清秀的那張臉一如往常，但比起最後一次見面時更蒼白虛弱一些。連日被幽禁在這種地方，會變成這樣也是理所當然。

他會乖乖束手就擒，無非是為了保護美世等人。

儘管如此，已經察覺到自身心意的美世，卻因為恐懼不安而沒能回覆他的告白。只是獨自陷入憂慮，無能為力地佇足在原地。

（可是，這麼做其實錯得離譜。因為我的心意絕不會改變。）

這個人，比誰都來得珍貴的這個人，自己怎麼有辦法不愛他呢？

「——老爺，我同樣真心戀慕著您。」

美世微笑著這麼說出口之後，清霞瞪大那雙宛如水晶般泛著神祕光彩的眸子，接著溫柔地微微瞇起眼。

「嗯，我也是。」

語畢，清霞的雙臂緊緊擁住美世的身體。她終於順利傳達給他了。

美世的迷惘，想必一度讓清霞陷入焦急難耐和悲傷的情緒之中吧。更何況，要是一個沒弄好，有可能會演變成為時已晚的局面，讓兩人天人永隔。

儘管如此……美世仍抵達了這裡。

她確實以愛情回報了清霞。

「老爺，請您一直陪在我身邊。一直、一直……都不要離開我。」

「我會的。直到死去為止，我會永遠陪在妳身邊。」

在束手無策的情況下和清霞分離，只能獨自懊悔、痛苦、傷心欲絕。美世絕不願再次經歷這樣的折磨。

清霞的身體宛如冰塊溶解那樣慢慢恢復熱度。美世感受著他的體溫，沉浸在彼此的心跳聲之中。

她心愛的、深愛的人就在這裡，而且好好地活著。

最後，不知道是誰先鬆開了對方的身體。

感受到清霞的體溫抽離，讓美世有一絲絲寂寞。她轉過頭，結果和拿著扇子把玩的一志四目相接。

「啊，感人的重逢結束了嗎？」

「是……是的……」

一志一派輕鬆地提問，讓美世的雙頰變得灼熱。

為什麼每次都是在有人看著的時候變成這樣呢？她覺得臉頰幾乎要噴火了。

面對相同調侃的清霞，倒是一臉泰然自若。

「久堂先生這次應該吃了不少苦頭吧？你比平常更沉默寡言呢。」

因這句話而猛然回神的美世，轉頭望向無語重重吐氣的清霞。

好好將清霞看過一遍後，她才發現他的模樣極為狼狽。

原本總是整齊紮起的一頭長髮披散在背後，臉上還有疑似遭到毆打的傷痕。在如此寒冷的地牢，他身上卻只穿著一件骯髒、破爛又單薄的襯衫，從破掉的部分，可以窺見留在肌膚上的無數瘀青和傷口。

此外，不知道是被手銬磨破皮、又或是清霞自己用力扯斷鎖鍊所導致，他的雙手手腕上都留下了不淺的擦傷，至今仍在滴血。

「老爺……」

看著說不出半句話的美世，清霞用那隻一如往常的手輕撫她的頭。

「別露出這種表情。這點小傷算不了什麼。」

倘若美世一開始能冷靜、有計畫地採取行動，或許就可以更早把清霞救出來。這樣的話，他也不至於淪落成這種遍體鱗傷的模樣。

「我很感謝妳前來拯救我。謝謝，美世。」

「是……」

美世拚命忍住快要奪眶而出的淚水。

看到清霞面對面向自己道謝，滿盈的安心感和喜悅，幾乎讓她腦袋一片空白。不過，接下來才是計畫中最關鍵的階段。

「話說回來，在這種情況下，真虧你能撐到現在耶，久堂先生。」

不知何時，一志已經走到方才囚禁著清霞的牢房外頭細細打量。

「這副手銬同樣被施加了用來干擾術法和異能的封印。雖然你應該也能用蠻力扯斷它，但想必會消耗不少力氣。這樣的重重戒備，不難感受到甘水有多麼認真呢。」

一志拾起被扯斷的鎖鍊，以有些傻眼的語氣輕喃。

他這樣的態度，讓美世重新體認到清霞之前身處的狀況有多麼危險。她不禁再次感到背脊發冷。

「施加在手銬上的封印沒什麼了不起，反而是被你們破壞的那個術法比較棘手——你也辛苦了啊。」

清霞這麼慰勞佇立在原地的式神清，將手放在他的肩頭上。

清沒有說話，只是點了點頭，接著就消失得無影無蹤，只剩一張人形模樣的紙片留在原地。

「……謝謝你，阿清。」

美世輕聲開口道謝。

這幾天以來，清總是在身邊支撐著她。要是沒有清，美世現在恐怕早就被甘水俘虜，或是在營救行動中灰心喪志，導致無法成功將清霞救出。

此外，她想必也無法好好發揮自己的異能。

早已習慣身旁有清陪著的美世，面對這般唐突的離別，不禁湧現強烈的失落感。

「老爺。以後還有機會再見到阿清嗎？」

「……」

清霞沒有回應。

「老爺？」

「……」

因為清霞遲遲沒有出聲，美世好奇地抬起視線，發現清霞露出一臉難以言喻的表情，看起來彷彿是嘗到了什麼滋味古怪的食物似的。

「……有一天會吧。」

他連回應的語氣都很沉重，是不是有什麼無法再次讓清現身的理由呢？

移開視線後，美世看到一志臉上掛著看似熟知內情的壞心眼笑容。或許也察覺到這一點的清霞，以愁眉苦臉的表情開口：

「辛苦了，辰石。你可以回去了。」

面對清霞不悅又冷淡的態度，一志的雙眼一瞬間閃過危險的光芒。

「啊，你對我這麼冷淡真的好嗎？我可是知情的喔。」

還來不及問他知情什麼，看似樂在其中的一志，便開朗又大聲地揭發驚人的事實。

「雖然不是二十四小時，但久堂先生經常會操控式神弟弟行動吧？而且，你們應該有長時間共享透過視覺和聽覺得到的情報。」

「咦……」

「辰石。」

一開始，美世還不太明白一志這番話的意思。

是清霞在操控清。隔空操作自己的式神，的確並非不可能的事情，更何況，這也是驅使式神的術法的基礎。

至於共享視覺和聽覺情報——亦即透過式神的雙眼和耳朵，了解式神所在之處的狀況。這也是基礎中的基礎。

將這些串連起來，會得出什麼樣的結論？

清霞隔空操控清的行動，同時透過清的雙眼和耳朵，和他經歷相同的體驗……

（啊。）

回想起過去的幾天，美世不禁整個人僵在原地。她究竟都對清做了些什麼？

跟他牽手或許還無妨。不過，擅自替他取暱稱、又一直用這個暱稱呼喚他，還問他要不要一起洗澡，甚至睡在同一張床上。美世完全無法替自己這些行為找藉口。

「……」

完全是個好色女人會做的事。

（怎……怎麼會……我沒有這個意思呀。）

這已經不是「難為情」三個字足以形容。美世感覺自己的雙頰羞紅發燙到幾乎要「砰」一聲炸開來了。

「所以我不是說過了嗎？要是妳之後後悔，我可不管喔。」

聽到清霞沒好氣的嗓音，美世無法做出任何回應。

那個當下，她只覺得清的警告很可愛，並沒有多想、也沒當作一回事。說得簡單點，這是她自作自受。

美世忍不住以雙手按住臉頰，咻地在原地蹲下。

「對……對不起。那個……我……真的沒有察覺到……對不起。」

支支吾吾道出的破碎語句，沒能成為替自己辯解的發言，反而更讓美世有種自掘墳墓的感覺。她實在無臉面對清霞。

「美世。」

美世能感覺到清霞在自己跟前單膝跪地，探過頭來望著她的動作。

「看著我。」

「我……我做不到……」

此刻，比起服從清霞，羞恥心更徹底支配了美世。做出如此丟人的行為，她以後該怎麼活下去才好？

美世在內心描繪出來的理想的淑女形象，現在突然變得好遙遠。

「被妳當成年幼的孩子對待，我倒是覺得挺新鮮又有趣啊。」

聽到清霞沒有害羞、也沒有取笑她，而是以極其認真的嗓音這麼說，噙著淚水的美世戰戰兢兢抬起頭。

清霞又接著這麼輕喃。

「可以的話，我希望妳日後能好好叫我的名字。」

美世的心臟微微抽動了一下。

現在的自己，還不明白這樣的感情為何。但總有一天——她這麼想著，然後輕輕點頭。清霞也露出了開心的微笑。

◇◇◇

因為負傷的清霞必須保留體力，一志便代替他出動式神。

式神聯絡的對象是五道所率領的對異特務小隊。要傳達的內容是「我們已經順利救出清霞，你們也按照計畫開始行動」。

由待命狀態的五道等人採取行動，讓甘水集中大部分的兵力應付他們。美世一行人則是乘隙和甘水接觸——這就是計畫內容。

此外，正清也捎來聯絡，表示美世委託他召集的各路異能者幫手，從昨晚便開始陸續現身，並在今天下午集結到足以出動協助的人數。

（其他異能者，想必比我所想的更加否定異能心教的理念吧。）

根據正清的說法，被他招攬的異能者，幾乎都是二話不說就答應了。

對異能者來說，撇開皇族這樣的特例不談，由異能者站在國家的頂點，透過異能領導國民的社會，實在過於超脫現實。

會擁戴甘水的，都是受到名為異能的甜美果實誘惑、天生不具備異能之人，以及像寶上那樣的少數異能者。

「好了，可以準備直搗黃龍嘍。接下來應該不用偷偷摸摸行動了吧？」

聽到一志的提問，清霞點點頭。

「沒問題。」

隨後，一陣轟隆巨響從地表直達這個地底空間。是源於異能的攻擊。這是五道等人開始展開突擊的暗號。

在清霞以異能照亮腳邊後，一行人以清霞走最前頭、美世在中間、一志殿後的隊形，火速離開了地牢。

爬上陡峭的階梯，來到牢房大樓的走廊上後，迎接一行人的是高掛在空中的太陽炫目的光芒。

（好刺眼……）

在充斥著白光的視野中，美世勉強看見了前方的人影。

照理來說，連日被囚禁在地牢裡的清霞，雙眼應該無法馬上習慣外頭的光亮，也無法靈活運動身體才對。但他卻從容地讓那個人影瞬間失去戰鬥能力。

「走吧。」

「……根本是怪物嘛。」

一志明顯帶著苦笑的輕喃從後方傳來。

就算是先前以俐落身手破除術法的一志，看在他眼中，清霞的能力仍非比尋常。來時吃了不少苦頭的這條路，離開時變得格外輕鬆。

或許是五道等人聲東擊西的戰術奏效了吧，三人一路上鮮少遇到軍人，而且清霞和一志會早在對方出手前撂倒他們，因此也沒有演變成你來我往的戰鬥。

離開牢房大樓、穿越戶外走廊後，三人在管理大樓的走廊上拚命衝刺。接下來，只要突破正門玄關，抵達八成有甘水在的司令部即可。

還要前進多久，才能抵達甘水的所在處？

不過，凡事果然不可能皆盡人意。

「到此為止了。各位還挺有兩下子的。」

馬上就能從管理大樓的正門玄關離開了——原本這麼想的美世，發現位於前方的玄關被人擋住。

在鋪著暗紅色地毯的走廊上，一行人遇上了預料中的人物。

「新先生……」

看到自己帶來的軍人企圖馬上衝向美世等人，薄刃新不發一語地制止他們，然後平靜地阻擋在三人前方。

看到朝前方踏出一步的美世開口呼喚自己，這名表哥一如往常那樣對她展露笑容。

「……美世，沒想到妳真的能踏入這裡呢。」

乍看之下面帶笑容的他，一對眸子卻透出極為犀利的目光。說話語氣也明顯帶刺。

好可怕。美世真心這麼覺得。

打從兩人相識以來，儘管有時會和新意見相左，但美世不曾覺得他可怕。因為新從不會做出有害於她的事情。

然而，現在又如何呢？

要是雙方決裂了，他說不定會在下個瞬間撲上來割斷美世的頸子。

美世有事先在夢中看到和新相遇的光景，所以並不驚訝。只是，這種散發出強烈殺氣的臨場感，是夢中所體會不到的東西。

「新先生……您為什麼要做出這種事？」

「答案不是很明顯嗎？打從一開始，我渴望的就是薄刃家能夠受到公平合理對待的未來。而異能心教……甘水直的理念和我的願望一致。」

面不改色的新流暢地回答了美世的疑問，彷彿早已在心中擬定最完美的回應似的。

不管美世努力說些什麼，站在這裡的新，恐怕都不會動搖自己的意見。

儘管對這一點心知肚明，美世仍忍不住搖頭。

「不……不對，新先生，請您停手吧。這樣的做法是不行的，所以……」

「我是懷抱著什麼樣的想法走到今天，妳一定不會明白吧。」

新淡淡打斷美世的央求。

美世對薄刃家懷抱的歸屬感完全比不上新，可說是空有其表而已。若是被問到能否為了薄刃家賭命，她的答案是否。

儘管如此，她仍認定新和義浪是自己的家人。在出生的齋森家崩壞瓦解、美世也變得不明白何謂家人的時候，是他們讓她了解到什麼是家人。因此，她十分珍惜這兩人，也不願失去他們。

這樣的心情並非虛假。而且，比起「為了薄刃」，這個理由更能讓她全心全力地奉獻。

「……這麼做只會徒增悲傷而已。」

美世很重視新，所以才會希望他回來。甘水的計畫傷害了許多人，同時也招致混亂。她不希望新成為這個計畫的一員。

然而，即使聽到美世的悲嘆，新仍然連眉毛都不動一下。

「就算這樣，我還是想改變薄刃家。」

雙方都不會退讓半步，是美世早已心知肚明的事。一如她不會改變自身的主張，新的立場同樣不會動搖。

宛如兩道永不交集的平行線。

（我明明必須阻止他……）

新緩緩搖頭，然後舉起手槍，將槍口對準美世一行人。

「美世，我已經接到命令。要是妳不願意加入我方，就算必須動用武力，也要逼迫妳就範。」

他鎖定的目標，是為了保護美世而站上前方的清霞和一志。解決掉這兩人，再把美世送到甘水身邊——新的目的顯而易見。

「美世。」

清霞為自己擔憂的嗓音讓美世幾乎要垂下頭來。同時，她也感受到一志平靜的視線。

她沒有能力再多說什麼了。

（他果然聽不進我所說的話呢。）

這時，在新的身後，有一名戴圓框眼鏡、穿日式褲裙的男子，從牢房大樓外頭穿越正門玄關，緩緩朝這裡走近。

不知是事先計畫好的亦或是聽聞騷動而來到這裡的甘水直。

那張臉上的深邃五官，勾勒出皮笑肉不笑的表情。一如過去的印象，朝這裡靠近的他，看起來像是貪婪地伸舌舔嘴、隨時都會撲向獵物的猛獸。

美世不自覺地嚥了嚥口水。

「歡迎來到我的牙城（註1）。我等你們很久了。」

甘水大言不慚地將帝國軍本部說成自己的牙城。他帶著一臉樂不可支的表情，以拿手的裝模作樣誇張言行歡迎美世一行人。

冷汗從美世的背滲出，她甚至覺得有些呼吸困難。

「這種爛演技就免了——天皇平安無事嗎？」

清霞這麼質問甘水的同時，站在後方的美世感受到從他背後散發出來的強烈殺氣。

關於天皇現在安全與否，他們完全掌握不到半點情報。站在國家的頂端，卻數度做

註1：主將駐紮的城，即大本營。

出有違身分地位的判斷——即使天皇是這樣的存在，基於自身立場，清霞仍必須開口確認這件事。

「天皇啊……」

聽到他的質問，甘水一瞬間表露出深沉的憎恨，但隨即又若無其事地揚起一隻手下令。

某種沉重物體被扔在地上的聲響傳來。

倒臥在走廊上的，是一名骨瘦如柴的老人。

幾名披著罩住頭部的黑色斗蓬、八成是異能心教成員的甘水部下，將不知道還有沒有意識的老人——天皇扛了過來，然後粗魯地扔在地上。

別說他是帝國上下最尊貴的人物了，這樣的對待方式簡直沒把天皇當人看。

感受到甘水的憎恨情緒，讓美世覺得有些不適。

「放心吧，他沒死。不過，不停、不停、不停痛苦折磨他到現在，我也覺得差不多該殺掉他了。」

甘水笑道。

「在不惜毀掉薄刃家也要守護的這個帝國中，自己的身價卻一落千丈，最後甚至只能眼睜睜看著國家亂成一團，終至被篡國。不知道這個老不死的會是什麼樣的心情呢？」

跟施加於肉體的痛楚相比，你們覺得何者更令人難受？以天真無邪的語氣這麼詢問的甘水，看起來彷彿像個獲得玩具而開心嬉鬧的孩子。

以樂不可支的表情這麼嘲諷天皇的他，突然在下一刻露出猙獰的面容，將倒在地上的老人一腳踹飛。

「真要說起來，一切都是這傢伙的錯啊。不可饒恕、不可饒恕、不可饒恕，我打從內心覺得他不可饒恕。殺死澄美的就是這傢伙啊。」

每吐露出一句話，甘水的情緒就愈不穩定。但片刻後，皮笑肉不笑的表情再次浮現在他的臉上。

「總之，就是這麼一回事。」

一陣寒意竄上美世的身體。將天皇囚禁在自己身邊時，甘水便一直重複著這樣的行為嗎？

「你會被施以極刑處置的。」

看到清霞沉著臉這麼說，甘水只是聳聳肩。

「無所謂。只要薄刃一族站上帝國最高點，就不會有任何問題。發動革命時，將殘暴無道的帝王處刑，乃人世間的常理。會被斬首的是這個老不死。」

完全不把極刑一詞放在心上，厚顏無恥地這麼回應的甘水，看起來壓根兒不覺得愧疚。難道他絲毫沒有罪惡感嗎？

（他覺得復仇是理所當然的？）

憎恨帝國、憎恨這個國家的方針、憎恨無力的自己。面對以這樣的憎恨為動力活到今天的他，此刻若想以理說服他，恐怕是不可能的。

不過，清霞完全沒有因甘水異常的言行而卻步，只是繼續以宛如鋒利劍刃的冰冷眼神瞪著他，然後往前踏出一步。

「我們勢必會逮捕你，將你定罪——就算現在這個你只是幻影也一樣。」

聽到清霞這麼說，美世才察覺到眼前這個甘水，有可能是本人驅使異能打造出來的幻影。

「怎麼會呢？我不是幻影。我是個老實人，所以不會做出這麼失禮的行為啊。」

說著，面帶笑容的他朝美世瞄了一眼。

「美世，我不會對妳做出有違人情道義之舉。為了得到妳，我很樂意像這樣拋頭露面喔。證據就在於我至今一直都是親自跟你們見面。」

如甘水所言，回想起來，除了在夢中以外，他確實都是以本人之姿出現在美世面前。

不過，或許這也是他計畫的一環，畢竟沒有證據能證明眼前的他真的是本人。但美世明白，出現在他們面前的這個人物並不是幻影，確實是甘水本人無誤。

「……」

清霞轉頭望向美世，看起來是想向她確認甘水這番話的真偽。美世朝他點點頭。

「那麼……」

甘水像是要開始演講那樣清咳幾聲，接著切入正題。

「首先，我要稱讚妳一如我的計畫來到這裡，美世。」

無論是清霞、一志或新，每個人都將嘴唇緊抿成一條線，絲毫不敢掉以輕心。現場被緊繃的氛圍籠罩。

只有甘水維持著一開始的從容不迫。

「不過，正因如此，我要問妳一個問題。到頭來，儘管入手的不是權力，妳還是選擇追求了更強大的薄刃之力吧？」

「……是的。」

「為了將久堂清霞救出來，妳渴望得到薄刃的力量。這跟我有什麼不一樣呢？想改變某些事物、改變自身的命運，所以渴望力量的我，以及透過人為方式得到異能的人們。這樣的妳，跟你們所否定的我們有何不同？」

這個問題讓美世一時答不上來。

夢見之力並沒有讓她看見自己和甘水對答的內容，這是因為她必須靠自己得出答案嗎？

該如何回答他？如同甘水所說的，美世也是因為渴望力量，才會主動去調查夢見之力的情報。

最後，她確實變得能夠操控原本無法好好駕馭的異能，也用這樣的力量救出清霞，然後走到現在這一步。

要說這跟甘水有什麼不同的話，確實是沒有。

「妳有資格否定、譴責我們嗎？」

甘水的追問讓她的心跳變得紊亂。

不趕快回答，就會變成是在默認他的說詞。然而，內心愈是焦急，她的大腦便愈是一片空白，無法好好歸納出答案。

像是要將美世拉出這個困境般，有人拾起了她緊緊握拳的手。

是清霞。

微微轉過頭望向美世的他，以自己的掌心溫柔包覆住美世的手。

「老爺……」

光是像這樣開口輕喚、確認手掌傳來的溫度，就讓美世波濤洶湧的內心慢慢鎮定下來。

以肌膚相觸傳達的鼓勵。儘管只是這樣，卻比什麼都更來得可靠。

美世以另一隻空出來的手，按上心臟所在的位置，平靜地吸氣、吐氣，接著筆直望向甘水。

「我絕對不會用這股力量去傷害其他人。」

聽到美世的回答，甘水先是眨了幾下眼，接著噗嗤笑出聲。

「哈哈哈！這是哪門子的答案啊。這根本不是在回答、也不是在反駁喔。因為……」

原本還在捧腹大笑的甘水，笑容突然扭曲成不懷好意的表情。那是看起來明明在笑，卻彷彿被人用黑色墨水徹底塗掉的一張臉。

「此刻，妳正打算傷害我。再說，為了救出自己的未婚夫，妳究竟撂倒了幾名軍人？『不是我下的手』這種藉口可不管用喔。」

不可以被他的話動搖。

在認同甘水說法的瞬間，美世恐怕就會被他吞噬。倘若甘水是張開血盆大口的大魚，美世等同於是在他面前游移的小魚，只能等著被他吞下肚。

意識到這一點的美世，以堅毅的態度搖搖頭。

「就算這樣，我跟你還是不一樣。我不會用這股力量把別人的人生弄得一團亂，或是奪走任何東西。我只會為了自己而驅使力量。」

「妳的意思是，我為沒有異能的凡人提供人工異能這條路，是錯誤的嗎？」

甘水挑起單邊眉毛，歪過頭這麼問。

「……單就出發點來看，我不認為這是壞事。不過，有很多人因此受傷。」

拜訪久堂家別墅那時亦是如此。

為了做實驗，異能心教將無辜的村人捲入，讓他們險些賠上性命。

薰子也是這樣。偶然的機緣之下，她成為甘水威脅恐嚇的對象。即使本人百般不願意，仍被迫聽從甘水的指示、進而背叛對異特務小隊的她，內心不知道有多麼煎熬。

對困苦之人伸出援手，是很偉大的理念。

然而，因為這樣，就能讓眾多無辜的人被牽連，讓他們受傷、痛苦、流淚嗎？這麼做真的是正確的嗎？

「我認為，會讓眾多人傷心難過的事情，就不會是正確的。」

說著，美世慢慢釋放出在體內熊熊燃燒的異能。

只要閉上雙眼，就能看見不同於目前身處的管理大樓走廊的風景。

——夢境世界。只要美世這麼希望，就不會有任何人受到傷害的世界。

（拜託……）

像是要將這一帶的景色徹底替換掉那樣，她拓展了夢見之力的效果範圍，在場的眾人也跟著被拉進這個光芒燦爛的世界裡頭。

待美世睜開緊閉的雙眼後，眾人已經置身於一如她所想像的那個地方。

清霞、甘水和新看起來並不太驚訝，一志則是好奇地東張西望，還不時點點頭。

「又是這裡啊。」

說著，甘水又補上一句「真是乏味」，絲毫不掩飾自己感到厭煩的態度。

在宜人的溫暖徐風吹撫下，一片嫩綠色的櫻花樹頭，不斷傳來清爽的葉片摩擦聲。

美世等人目前所在的，是她至今曾數度造訪的昔日的薄刃家。

只是，這次並不見澄美的身影。

因為這裡跟過去不同，不是依據甘水的記憶建立出來的世界，而是美世在自己腦海裡描繪出來的世界。

她之所以將大家拉進這個世界，是為了避免甘水為所欲為，包括恣意施展異能一事在內。

還有——

（希望一切能順利進行。）

美世悄悄望向持續將槍口對準自己、至今仍一貫保持沉默的新，試圖窺探他的動向。不過，她無法從新的表情看出任何端倪。

「就算妳這麼做，我的想法也不會改變。對我這麼不滿的話，妳大可自己站上國家頂點，打造出一個不會有任何人受傷的世界。就像這個夢境一樣。」

聽到甘水面不改色地道出這個不切實際的理想，清霞開口反駁。

「你的思想已經跟不上時代了。異能者的人數現在逐年減少，力量也愈來愈弱。既然必須由異能者剷除的異形數量減少，異能者總有一天會卸下這樣的職務。屆時，異能者該做的不是支配這個世界，而是改變生活方式，讓自己即使不再是異能者，一樣能夠好好過日子。」

一旦異形的數量減少，異能者也會跟著變少；而異能者變少，代表薄刃家的異能者同樣會變少。同時，相信異能或異形這類事物的人也會愈變愈少，遲早有一天，異能界相關的話題，都會變成如夢似幻的傳說。

甘水以異能心教教祖的身分向老百姓宣傳異形和異能的存在，不過，能夠打從心底相信的人到底又占了多少？

人民恐怕只是一時被異能心教獨樹一格的思想吸引，並藉此發散平日對軍人或帝國的不滿罷了。一如大眾娛樂那樣，等到短暫流行的風潮退去，就會被人們所遺忘。

因為對大多數人來說，雙眼所看不到的神祕存在，早已變得遙遠而陌生了。

「當然，我不認為這樣的做法馬上就能夠被社會接受。我和異能心教會花費漫長時光來打造一個異能的國度，要是異能者變少了，以人為方式讓人數增加即可。」

「這是獨善其身的想法……想打造人工異能者，異形是不可或缺的原料這點，我已經弄清楚了。異形減少的話，異能者就不會增加。這是相同的道理。」

清霞和甘水瞪著彼此的視線，在半空中迸出激烈的火花。

「只要在漫長的年月當中，將異形的存在深植人民心中，就能讓異形再次開始變多。這完全不是問題——到頭來，你們不過是膽小鬼。害怕巨大的變化，又或是將皇族視為至上的君主而盲目崇拜。」

「那麼，這跟企圖以無理取鬧的方式站上帝國頂端的你，又有什麼不一樣？」

深吸一口氣之後，美世平靜地這麼質問甘水。

甘水的主張不過是一種極度不成熟的任性。

因為世間的一切違反自身期望，就想打造一個能讓自己稱心如意的世界。甘水所謂的主張，不過是為這樣的任性要求加上一個似是而非的狡辯而已。

「如果我們是膽小鬼，你就是個自我中心的人而已。」

「即使是在這個瞬間，只要能夠拯救不幸、不被好運眷顧的眾多蒼生，即使自我中心，我理應仍會受到眾人感激。」

甘水以混濁的雙眼盯著美世，又補上一句「妳應該也能理解那些人的心情才是」。

「我剛才已經說過了，我不會期盼這種事。」

「不對，妳確實期盼過。妳渴望力量，厭惡無力的自己，所以想要獲得嶄新的力量。正因如此，妳才會造訪薄刃家，喚醒體內更強大的力量。我有說錯嗎？」

啊啊，真受不了。打從出生以來，這是美世頭一次對他人感到煩躁不耐。

無論美世說什麼，甘水都會將她的說詞帶到自己的主張上。兩人的對話感覺完全是平行線，再繼續下去只會沒完沒了。

她確實渴望過力量。因為她想改變現況，想把清霞救出來。

不過，她這樣的想法跟甘水的想法有著關鍵性的不同。

「請別把我跟你混為一談！」

回過神來時，美世已經以至今不曾發出過的高分貝音量這麼吶喊。

小巧的淺紅色花瓣，伴隨一陣淡淡的櫻花香氣從眼前飄過。

母親絕對就在這裡守護著自己。美世懷著像是要代替她發聲的心情，繼續跟甘水對話。

「你是因為想讓自己得到力量，而去謀篡其他力量強大者的地位。可是，我想要的力量，是原本就屬於我自己的力量。我和你並不一樣！」

一開始，她原本還覺得事到如今，自己不需要什麼夢見之力。

不過，這股力量確確實實屬於美世本人，而不是他人所有之物。就算不需要，也無法出借給他人。但也因為這樣，一旦遇上緊要關頭，美世便有權自由驅使這股力量。

看到美世突然激動起來，甘水似乎有些愣住，露出一臉茫然的表情。

倒映在他眼中的身影，究竟是美世、抑或——

隨後，他開始渾身打顫，一張臉也因為怒不可抑而脹紅。

「不准妳用跟澄美一模一樣的那張臉否定我！」

一氣之下，甘水粗魯地摘掉臉上那副圓框眼鏡，將它扔在地上之後奮力踩踏，接著又瘋狂搔抓自己的頭。

「想說耐住性子聽妳說完，結果卻淨是一些漂亮話！妳說自己沒有奪走任何人的東西？別笑死人了。美世，妳不也一腳踹開讓自己不滿意的家人，奪走他們安穩的生活，然後得到久堂家當家未婚妻的寶座嗎！我們都是一樣的。我也是不滿意那個老不死的，才會把他從天皇的位子上拽下來。透過奪取的方式，得到屬於我的幸福！」

「這有什麼錯」的怒吼聲，響徹了過去的薄刃家寧靜悠閒的庭院。

「這是妳，是每個人都會做的事情！為了得到屬於自己的幸福，必須將他人、甚至是親人拉下神壇、一腳踹開，然後坐上對方的寶座。當自己變得幸福時，必定會有他人變得不幸。這是一種必然！」

面對突然性情大變的甘水，美世幾乎要被他的魄力給震懾住。

想打造一個讓所有人都能夠幸福的世界是極為困難的事情，儘管有「人人生而平等」這種說法，但世間實情不見得是如此。

每個人都會和他人牽扯上關係，過著傷害或被傷害的人生。

能夠滿足每一個人的世界，只存在於幻想之中。這種道理，就連美世都再清楚不過。

「為了讓現況符合自己的期望而採取行動。這是大家理所當然在做的事情、是人類極其自然的行為！追求力量有什麼不對？選擇遺忘過去那段辛酸痛苦的日子，被名為久堂的權力安穩守護的天真的妳，恐怕無法體會我的心情吧。就是因為無法體會，才能用這種不關己事的表情否定我。」

美世以接納包容的心情，靜靜感受著甘水隱藏在盛怒之中的悲嘆。

失控怒吼過後，甘水的雙肩因氣喘吁吁而起伏，喉頭也發出乾枯的呼吸聲。

他長年累積下來的仇恨和辛酸想必不只是如此，然而，他的身體並無法負荷這份過於巨大的情感。

美世選擇不再憐憫甘水。

過去面對甘水時，她的心中總會湧現一絲絲愧疚或可憐他的想法。但秉持這種想法的話，她的話語便無法傳達到甘水心中。

「……或許是這樣吧。」

美世確認自己握著的那隻手的觸感，試著移動視線後，她發現清霞也注視著自己。

被迫和清霞分離、認清自己有多麼愚蠢、又有預感自己或許無法重返那珍貴的日常生活時，美世體會到了絕望。

彷彿身體被撕裂成兩半，或是被扯掉半邊翅膀的感覺。

將一切都獻給澄美的甘水，嘗到的絕望感恐怕更加淒涼而深沉。

「可是——」

美世望向依舊以嚴肅神情將槍口對準自己的新。

「為了避免像過去的你和我母親那樣的悲劇再次上演，新先生也曾試著改變薄刃家。」

新的雙眼微微瞪大。

「存在不被任何人所知曉、無法向任何人求救，只能一味聽命行事……跟你一樣，新先生也曾企圖改變薄刃家這樣的命運。」

而堯人也允許他這麼做。宛如異能者的影子、黑暗面、集大成的薄刃家，本應會從新這一代開始改變。

儘管緩慢，但變化仍一點一滴進行著。新捨棄鶴木這個偽名，變得能夠以薄刃自居，也試著讓薄刃家的家規不再是唯一圭臬。

就算遭遇到不合理的對待，薄刃家想必也不用再忍氣吞聲了。

新的做法相當不起眼，也很需要毅力。不同於甘水的計畫，無法一口氣扭轉現況。但美世認為這是個無比偉大的志向。

「的確，我也覺得大家都會為了過上更好的人生而拚命掙扎。到最後，想讓每個人都變得幸福想必是很困難的事情……在我獲得幸福後，齋森家也像是做為代價那樣消失了。」

回想起過往，美世不禁垂下眼簾。

離開齋森家已經過了將近一年的時間，至今她仍不時會思考，當初究竟怎麼做才是對的。

該怎麼做，她才能憑自己的力量逃脫那樣的狀況？

該怎麼做，才能讓父親、繼母和妹妹也繼續在帝都幸福地生活？

該怎麼做，才能避免幸次心碎，因此離開舊都？

美世得不出答案。那時的她只覺得活著好累，卻又沒有勇氣一死，而家人也一直把這樣的她視為眼中釘。

只要美世沒有因為什麼意外而殞命，她總有一天會和家人發生爭執。

「然而，就算沒有力量、就算很不甘心……因此反過來憎恨或是傷害他人，是不對的行為。因為每個人都只能憑自身的力量，在這股力量所及範圍內努力求生存。」

倘若美世沒有和清霞相遇、沒有被他所拯救，或許就會對甘水的主張產生深刻共鳴了吧。

那麼，要是當初那個在齋森家受苦受難的自己出現在眼前，現在的她，又會對過去的自己說些什麼呢？

「我只是一味忍耐，從不曾想要主動做什麼改變。儘管如此，我還是很努力地、拚命地活過了每一天。然後，是老爺為我察覺到這件事。」

對美世來說，能夠和清霞相遇真的是她三生有幸。

幾乎可以說一切都是託他的福。

換個角度來想，要是美世真的放棄好好過生活，變得自暴自棄、不顧一切，只能不停傷害自己和其他人的話……

她恐怕就不會和清霞相遇，也不會為清霞所接受了吧。

「不是奪取他人的東西或傷害他人，而是盡力做自己當下所能做到的事。這樣的話，情況還是有可能出現改變、為自己帶來小小的機會。至於能否確實把握這個機會，端看自己至今為了求生存而付出多少努力——正因為很努力、竭盡了自己所有的力量，有朝一日才能得到回報，不是嗎？」

努力和竭盡所能求生存，都是只能憑自己的力量去做的事情。不過，正因為曾經這樣竭盡所能，在機會出現時，才能夠將它牢牢抓住。

美世在內心朝過往的自己開口。

妳經歷的那些痛苦日子絕不是白費，這會將妳導向苦盡甘來的那一天。

她想這樣告訴自己。

若是能跟過去的自己對話，她想用這番話來鼓勵那個一心求死的齋森美世。

能聽到有人對自己說這些，會是多麼大的救贖呢。

「然而，你的想法只會讓這樣的未來變得扭曲，為了讓不幸的人復仇而給予他們異能，結果又因此衍生出更多不幸……為了謀求自身的幸福只能去傷害他人，所以這麼做也是無可奈何——這只是你自暴自棄的想法。」

像甘水這樣為了自身利益，強迫所有帝國人民服從他的行為是無法允許的。

更何況，他所謂「為了拯救弱者而賜予他們異能」不過是表面話。實際上，甘水只是想藉此打造出能讓自己稱心如意的世界罷了。實為惡劣至極。

他人的人生，可不是能讓甘水恣意玩弄的東西。

「……說了一堆看似為他人著想，實際上卻是以自身利益為出發點的發言，妳現在滿足了嗎？」

低垂著頭、身體也不自然搖晃的甘水，嗓音聽來低沉無比。

他踏著不太穩的腳步，搖搖晃晃地朝美世一行人靠近。清霞為了阻擋他而擺出備戰架勢時，卻被美世以輕輕按住手臂的方式制止。

「不可饒恕、不可饒恕！為什麼每個人都想否定我、驅逐我？我有這麼十惡不赦嗎？一切都是我的錯嗎？光是說一堆漂亮話就能拯救他人了嗎？」

甘水像是說夢話那樣嘀咕著，然後將手伸向美世的頸子。

在甘水的指尖即將貼上自己的肌膚時，美世用力皺起眉頭。

她高舉起右手，再毫不猶豫地揮下。

「啪」的清脆聲響傳來。被甩了一耳光的甘水停下動作，露出瞪大雙眼的茫然表情。

一股發麻的痛楚從掌心傳到指尖。美世力氣很小，所以這一巴掌的強度並不高，被打的甘水應該也沒感受到什麼力道。

不過，這是自己第一次動手打人……掌心的痛楚深深滲透至美世的內心。

「咦……啥……？」

甘水像是失了魂那樣杵在原地輕喃。

對他來說，比起美世這一巴掌為肉體帶來的痛楚，她對自己動手一事，更讓甘水感到意外，也因此錯愕不已。

「請你……適可而止吧。」

不知為何，美世的眼眶變得濕潤起來。

「我並非在否定你，也沒有希望你消失。」

她只是希望甘水能察覺到自己內心深處更為純粹的那個願望。

不是顛覆整個國家、也不是打造一個屬於異能者的國度，而是本應能跟美世等人產生共鳴的願望。

「回想起你真正想做的事情吧。」

——一個若有似無、讓人懷疑自己是否聽錯的凜然嗓音乘著風傳來。

『直，你不能老是看著我，應該要去做你想做的事才行喲，因為這是屬於你的人生呀。要不然，若是有一天我不在了，你的心也會跟著潰堤。』

曾經浮現在夢中、又在下一刻消散無蹤的過往片段。薄刃澄美年輕開朗的嗓音再次響起。

美世感覺母親的柔情和溫暖滿盈在自己心中。不知不覺中，她做出了和母親相同的發言。

（母親……）

這或許是昔日的母親因為察覺到甘水精神上過於依賴自己，擔憂這樣會影響到他的未來，因此開口勸導他的一句話。垂下頭一動也不動的甘水，想必也憶起了這件事。

雙方各自反芻這句話的意思，回顧自己的所作所為。在暖陽照耀下，綠意盎然而恬靜的這個庭院，此刻被沉默籠罩。

不知道過了多久的時間。

甘水以灰暗、混濁而毫無生氣的眸子瞥了美世一眼，接著往後方倒退一步、兩步，然後轉身離開。

「……已經夠了。」

他的背影看起來完全沒有一開始的霸氣，宛如在耗盡所有力氣燃燒後留下的灰燼，透出一股淡淡的哀愁。

對澄美的一片心意，是長年以來讓甘水往前的動力。希望在回想起來自澄美本人的勸誡後，他的心境能出現什麼變化。

「待在這種地方也沒用，我不需要無法理解我的女兒。妳說的那些漂亮話，不過是幸福到腦中滿是粉色泡泡的人，強迫不幸之人接受的、令人作嘔的白日夢。我都要打冷顫了。」

甘水恨恨地這麼咒罵。美世原本期待自己的話語，或是澄美的勸導能夠傳進他的心中，但他終究還是沒有被打動——

甘水從懷裡抽出短刀，將它高舉向空中。原本空無一物的這個空間，開始傳來某種堅硬物體摩擦的聲響。

「我有同感。」

這句不帶半點溫度的附和，來自終於放下手中那把槍的新。

新以冰冷的雙眼朝美世一瞥，接著將槍口對準天空。一陣清脆的槍響後，這個夢境世界開始扭曲。

這兩人企圖透過蠻力，讓自己從夢中清醒過來。

雖說美世已經解放了自身的夢見異能，但這不代表夢境世界無所不能。

像這樣蓄意攻擊、從內部破壞的話，夢境世界便會受到影響而瓦解。

如果能在肌膚和目標對象相觸的情況下施展異能，就能打造出更堅固的夢境世界。

但方才的狀況不可能讓美世這麼做。

然而，讓美世胸口湧現不安的不只是這件事。

（新先生的那個眼神……）

眼前這片夢中的光景，開始出現宛如玻璃碎裂的裂縫。一閃而過的既視感，正是美世內心最恐懼的狀況。

（再這樣下去不行。）

美世匆匆開口朝清霞和一志大喊。

「阻止他們！請阻止那兩人！」

清霞和一志沒有過問理由。他們什麼都沒有多問，只是朝企圖從夢中醒來的甘水和新衝過去。

而夢境世界也幾乎在同一時間應聲碎裂。

「新先生！」

美世同樣衝了過去，伸出手對著表哥的背影吶喊他的名字。

儘管應該有聽到她的呼喚，但新只是看起來一瞬間停下腳步，並沒有回過頭。

在宛如花瓣、又像是雪片的夢境碎片紛落的光景中，新頭也不回的身影緩緩消失。

回過神來時，異能遭到破解的美世已經返回現實世界。

稍嫌老舊的深紅色地毯、壁紙開始褪色的牆壁和天花板。倒在地上一動也不動的天皇、臉上寫滿困惑的士兵。

管理大樓的走廊上瀰漫著一片混亂的情緒。大部分的人都只是杵在原地，不知道該做什麼好。

背對著管理大樓正門玄關的，是擋住美世一行人去路的甘水，新則是站在他身後。兩人的距離看似很近，又好像很遠。

那個瞬間，一切看起來彷彿是靜止的。

早在美世回過神之前，從夢中醒來的清霞和一志，便朝著現實世界中的甘水奔去。然而，早一步從夢中醒來的新，又比他們更早舉起手中的槍。

——新的手指不帶半點迷惘地扣下扳機。

宛如充滿氣體的氣球爆裂那樣的槍聲。新瞄準前方的槍口，釋放出一顆子彈。美世的雙眼確實捕捉到這個瞬間。

原本騷動不已的走廊，此刻像是沒有波紋的湖面那般平靜。

下一刻，一陣尖銳的慘叫聲傳來。不對，發出尖叫聲的，想必就是美世自己。

甘水「碰」一聲整個人往後倒在地上。

「啊……」

開槍的男子發出了短促的呻吟聲。

「新先生！」

新一陣腿軟而跪倒在地，清霞衝上前攙扶住他無力的身軀。

儘管有種被人從頭澆下一桶冰水的感覺，美世仍對顫抖的雙腳使力，努力趕到新的身邊。

短刀深深刺入新的腹部，鮮血已經從他的上衣滲出。

「新先生……」

「……美世，對不起，我欺騙了妳。」

雖然蒼白的臉上淌著冷汗，新仍試著對美世露出一如往常的笑容。這樣的他，讓淚水模糊了美世的視野。

「叫醫護兵過來！快聯絡軍方醫院！」

攙扶著新的清霞，對一旁不知所措的士兵這麼怒吼，接著又轉頭問道：

「辰石，甘水怎麼樣了？」

一志搖搖頭。

「死了，應該是當場死亡吧——真是個愚蠢的傢伙。」

仰躺在地上的甘水，額頭被子彈貫穿。新的槍口瞄準的對象，不是美世一行人，而是甘水。

發現新將槍口瞄準自己的瞬間，甘水匆匆朝他射出短刀，但新仍然毫不退縮地扣下扳機。

此刻，美世只能握著新冰冷的手不停流淚。

在深紅色地毯上緩緩擴散的鮮紅，帶著微微的熱度，讓人感覺到生命的溫度。美世無法阻止它從表哥的體內無窮止盡地流出。

「把短刀拔出來的話，恐怕會一口氣流更多血……」

要是失血過多，人很快就會死。聽到清霞這麼低喃，新氣若游絲地回答：

「久堂少校，不用……救我了……」

「別說傻話了。」

儘管試著壓抑自身的情緒，清霞這聲怒斥仍透露出一絲激昂。

為什麼會選擇走上這麼一條路呢。即使美世一而再、再而三地制止，他都以四兩撥千斤的態度回絕，終至迎來這樣的結局。

「新先生……您為什麼……」

美世並非希望聽到新回答她什麼。不過，聽到她和淚水一起吐露出來的疑問，新回以一個柔和的微笑。

「請妳……原諒我。」

她不可能原諒他，因為失去的性命不會再回來。憤怒、悲傷、恐懼，各種不同的情緒在胸口攪和著，讓美世再也說不出半句話。

「別哭……美世。」

這是新閉上雙眼前的最後一句輕喃。

◇◇◇

時間回溯到稍早之前。

對異特務小隊在帝國軍本部裡頭和敵方展開激烈戰鬥。

他們必須讓帝國軍本部的戰力全都集中來對付自己。為此，這成了一場不能游刃有餘、必須全力以赴的異能大戰。

在四處竄起熊熊火柱的下個瞬間，腳下因融雪和異能召喚出來的水，導致地面一片濕滑。這些一灘灘的水有時成了電擊的媒介，有時則是被冰凍起來。

光是這麼做，就讓沒有異能的一般士兵節節敗退。

但問題在於人工異能者。

在甘水釋放了被軍方逮捕的平定團成員以及異能心教的成員後，人數似乎又因此增加了。

就五道個人的感覺，應該有將近八十人。

相較之下，對異特務小隊就算全員出動，也僅有三十人左右。即使對異特務小隊是少數菁英分子，人工異能者是能力拙劣的對手，他們在人數上仍占下風。

再加上現場還有異能難以起作用的異形，這是從過去就讓他們頭痛不已的存在。

有著詭異外型的生物，以宛如百鬼夜行之勢的大軍襲來，混在人類士兵之中展開攻擊。

（啊～真是的～可惡！）

感到焦躁的五道，以念力讓人類和異形一起飛上天空，再重重摔下來，不斷重複這樣的單調行為。當然，他有控制在不會讓對方喪命的程度。

距離戰鬥開始，已經過了好一段時間。

之前那種「異能難以起作用」、「一般人也看得到」的異形，雖然數量龐大又難纏，但在這裡算不上是太大的威脅。

這次的敵手全都擁有實際形體。

過去，他們得思考敵人是沒有見鬼之才就看不到的一般異形，亦或是擁有實際形體的異形——再因應情況用結界輔助戰鬥。但現在，人類和異形全都擁有實際形體，因此用異能一併對付即可。

只是，敵我的人數差距實在太過懸殊。

「要不是大家被關在值勤所裡好幾天，累積了滿心怨氣，我們可能早就被壓著打了呢～」

雖然有著令人絕望的人數差異，但對異特務小隊仍確實撐住了場面。

在各處以軍刀或異能和敵人交戰的隊員們，雙眼中滿是令人心生畏懼的熊熊鬥志……或說是暴躁感。他們的攻勢簡直猛烈得前所未見。

完全是靠這場戰鬥在發洩。

想到這裡，五道吐出一口氣。遠方傳來一陣類似野獸咆哮的聲音，一道壯觀的火柱也跟著竄起。

「嗚哇～還真猛耶～」

隊員之中有幾名能施展火系異能的成員，血氣方剛的他們看起來狀況相當不錯。

「請認真工作吧，別只是一臉悠哉地看著。」

以冷靜語氣這麼規勸的同時，用力大無窮的雙臂扛起幾名敵人，將他們扔出去，再陸陸續續用右腳、左腳將其踹飛的，是身為班長的百足山。

不愧是體能強化系的異能者。方才與他對峙，現在則躺在地上痛苦打滾的那些士兵，肋骨想必已經斷了好幾根。

「我有在工作啊！我很努力耶！再多慰勞我幾句嘛！」

嘴上這麼開玩笑的同時，五道接二連三撂倒身穿軍服的士兵，以及異能心教罩著黑色斗蓬的人工異能者。

從上午開始的戰鬥即將邁向正午的這一刻。

援軍——因應久堂正清的號召而集結，非軍方相關人士的異能者終於抵達。

「嗨，你們很努力呢。」

穿著好幾層棉襖，還在最外頭罩上大衣，整個人變得像不倒翁那樣圓滾滾的正清，以輕快的動作朝五道靠近。

「是，好久不見了！」

五道挺直背脊，俐落地朝正清鞠躬致意。在他附近的幾名對異特務小隊成員也跟著鞠躬。

在異能者之中，無人不知道久堂正清這號人物。

擁有極端強大的異能，但肉體卻跟不上這般強大的力量，導致他天生體弱多病。然而，即使有這樣的弱點，這個男人的異能仍是萬夫莫敵。

在他擁有的幾種異能當中，正清特別擅長雷系異能，因此又有「紫電」這個別名。

「我們有趕上嗎？」

「是的！當然！」

看著畢恭畢敬回答自己的五道，正清朝他展露溫和的笑容。

「佳斗，你還是老樣子活力百倍呢。很好、很好。」

雖然說起話來像個悠哉隱居的老爺子，但正清的戰鬥方式可是快狠準。敵人還來不及判斷發生什麼事，就因為踩在潮濕的地上而觸電，徹底失去意識。

他的所經之處，躺著無數倒地不起的敵人。

（呃，好可怕……雖然我很尊敬他，但真的很可怕啦……他未免也太習慣跟人交戰了吧～……）

目睹正清俐落的身手，五道的嘴角不自覺抽動起來。

不同於清霞那種高調、顯而易見又破壞力強大的雷擊，正清的手法反而帶點刺客的感覺，讓人毛骨悚然。

援軍一共來了二十多人。在異能者稀少的現代，這樣的人數已經算不錯了。

加上對異特務小隊的話就超過五十人。論異能優劣程度的話，人工異能者當然和五道等人有著天壤之別，因此，他們終於能輕鬆一點了。

此外，被五道等人大幅削減戰力後，帝國軍本部能繼續戰鬥的人愈來愈少。這場戰鬥開始浮現結束的徵兆。

「隊長還沒逃出來嗎……雖然有收到那傢伙的聯絡，所以知道他至少平安無事啦。」

方才，那個可恨的辰石家當家捎來式神，通知他們已經順利將清霞救出一事。所以五道才會率領對異特務小隊殺進帝國軍本部。

在那之後，清霞等人想必已經對上甘水或薄刃了。

即使是清霞這種能完美驅使數種不同異能的異能者，對他來說，那兩人仍是強敵。無人能保證他會平安歸來。

（那傢伙怎麼樣都無所謂啦，但隊長跟美世小姐……他們沒事嗎？）

就在五道這麼想的時候。

「噯，你的『那傢伙』是指誰啊？」

一個懶洋洋的嗓音從監獄大樓的方向，亦即五道的前方傳來。

「你……」

一頭自然捲的髮絲，加上華麗的羽織外套。一邊旋轉手中的扇子，一邊朝他走近的，是五道再熟悉不過的那個身影。

出現在眼前的辰石一志，或許是因為剛跨越生死關頭，衣著打扮比平常更凌亂一些，也略顯疲態。然而，他臉上的表情，卻從容到讓人懷疑他真的有加入戰場嗎？

最先湧現的放心感、跟「麻煩的傢伙又出現了」的厭煩感，讓五道的心情有些複雜。

「你怎麼這樣大剌剌說別人壞話呢？真讓人無言耶～」

「啥～我哪有說什麼壞話啊？」

笑著以「咦，是這樣嗎？」回應的一志，看起來果然不如平常那樣有精神。

為了讓心情平靜下來，五道重重嘆了一口氣。在這段時間，一志則是轉而向正清打招呼。

「初次見面，我是辰石一志。能見到您是我的榮幸，久堂正清大人。」

「我是久堂正清，謝謝你如此謙遜有禮的問候。」

面對向自己恭敬行禮的一志，正清也面帶笑容地回應他。

光聽兩人的對話，會給人一種恭謙有禮又帶點風雅的感覺；然而，一想到像這樣彼此問候的人實際上是怎麼樣的人物，就不禁讓人不寒而慄。

「——所以，甘水怎麼樣了？隊長呢？美世小姐呢？」

聽到五道的質問，一志罕見地以「唔～」頓了頓。

「因為有個人的情況不太妙，所以美世現在陪在他身邊。」

「情況不太妙？誰啊？隊長呢？」

「久堂先生的話，應該馬上就會知道了。你看。」

一陣宛如利刃的刺骨北風，從人與人之間呼嘯而過。

在這個剎那，吸收雪水而變得潮濕的地面完全凍結。就連接近半毀的建築物屋簷滴下的一滴水、滋潤盆栽的一點露，都徹底結冰，彷彿這一帶的氣溫已經降到冰點之下。

作用範圍遍布整個帝國軍本部的這股異能，是其他異能者望塵莫及的。

就連五道等人先前的奮戰，彷彿都不過是兒戲。

錯不了的。如此傑出優秀的異能者，現今帝國只有一人。

「隊長……」

不同於從監獄大樓現身的一志，幾名軍人從司令部的正門玄關走了出來。

其中一人是穿著染血襯衫，在外頭罩著軍服上衣的清霞。其他則是遭到甘水俘虜的司令部重要人物，也包括陸軍大將（註2）在內。

「所有人馬上停止戰鬥！放下武器！」

大將的一聲喝令，傳遍了寬廣的帝國軍本部腹地內部。不分敵我，眾人紛紛放下高舉的拳頭，以及握在手中的刀劍或槍枝。

隨後，一支中隊從聯繫帝國軍本部和外部的正門闖入，率領他們的是大海渡征少將。

這支中隊或許是效忠於政府的戰力吧。也就是說，跟協助甘水的高階官僚及其勢力的戰鬥，最後是由大海渡這邊取勝。

已經看不到甘水勢力中仍然健在的成員了。

「戰鬥！還沒有結束，吾等還能繼續奮戰！快起身戰鬥！」

唯一還能這樣高聲疾呼的，是歸順於甘水的異能者寶上。然而，已經沒有人會服從他的指令。

真要說的話，除了他以外，沒有半個異能心教的成員還有力氣站著。

（真是像肥皂泡泡一般不堪一擊的戰力啊。）

五道這麼想。

---

註2：日本陸軍階級之一，地位在中將之上，是日本將官的最高軍銜。

甘水開發出來的技術實為優秀。無論是異能起不了作用的異形或是人工異能者，都是讓五道等人吃驚不已、也學不來的技術。此外，他籠絡政府重要人物的交涉手腕，也讓人忍不住由衷佩服。

顛覆帝國——這想必並非是不可能達成的目標。

然而……

光憑耗費十幾年鑽研出來，像是在耍小聰明的技術，有時也無能為力。

如果只是受到這點程度的攻擊就崩壞瓦解，那麼，皇室的血脈老早就斷絕了，不可能還能支配帝國長達兩千年以上的時間。

所謂歷史的重量，就是這麼一回事。

（結束了嗎……）

五道抬頭仰望，高掛在天空中央的太陽已經開始西斜。

在寒風吹撫下，堆積在屋簷和樹頭的白雪，在紛落的同時反射陽光，看起來閃閃發亮。

至此，隨著戰亂告終，甘水將帝國上上下下的人民捲入、企圖謀反篡國的計畫，也終於畫下休止符。

# 第四章　第一次

窗外輕快的鳥囀撫過耳畔。

位於陰影處的庭園樹木上，些許殘留在枝頭的積雪逐漸融化、滑落。不知從何時開始，冬天的微弱日光慢慢轉變為能夠包容一切的和煦春日。

為了讓空氣流通而暫時打開的病房窗戶，讓消毒水的氣味流向外頭，和春季陽光的香氣混合。

美世坐在病床旁的椅子上，仔細剝去橘子鮮豔的橙色外皮，為了讓口感更好，還將果肉上的白色纖維都剔除後，才將它們放在盤子上。

「請用。」

朝坐在病床上的男子遞出盤子後，他一臉開心地接下。

「謝謝妳，美世。」

「不會。」

男子——薄刃新將讀到一半的報紙擱在枕頭旁，捻起一瓣橘子送進口中。雖然偶爾還是會用手按著被刺傷的腹部，但他的氣色看起來還不錯。

在那之後，約莫已經過了一個月的時間。

至今，報紙上仍不時會出現甘水或異能心教的名字，政府和軍方為了處理相關事宜而採取的每個動作都倍受矚目。不過，這股熱潮已經逐漸在減退。

就像這樣，眾人意外輕鬆地重返日常生活之中。

這間軍方醫院也不意外。一個月前，在戰鬥中負傷的士兵陸陸續續被送進這裡，讓醫院裡頭一片鬧烘烘的；但現在，仍留在醫院裡的患者已經減少很多，所以也變得比較安靜。

據說，這次雖然有許多人受傷，但不幸喪命，或是仍在生死之間徘徊的重傷患者並不多。

新屬於後者的其中一人。

一般情況下，被刀子深深刺進腹部，恐怕很難救回來。

不過，因為新是體能比一般人強健的異能者，再加上擁有治癒異能的雲庵火速替他治療，才幸運保住一命。

儘管暫時不能像以前那樣活動，但已經算是不幸中的大幸了。

「感覺好像一場夢啊……」

聽到新的自言自語，有著同樣感受的美世不經意地望向窗外的風景。

被陰鬱而絕望的想法吞噬，不停苦思自己究竟該怎麼做才好的那段時光，真的彷彿從未發生過似的。

甘水直死了。

幾乎是建立在他的異能與憎恨之上的異能心教，也在失去中樞的瞬間應聲瓦解。明明一度強大到叱吒風雲的程度，最後卻結束得如此倉促。

不過，這樣的發展也是理所當然。

畢竟，支撐著異能心教的，就只有甘水狂熱的負面情感。

以祖師之姿居高臨下的他，其實是孤獨的。在異能心教中地位僅次於甘水的寶上，並沒有前者那般優異的能力，而新其實也並非真心在為異能心教效力。

以人為方式得到異能，並相信自己能就此成為人類中優勢的一方——這樣的人工異能者在實際戰鬥過後，頓悟這種臨時附加的能力根本無法和真正的異能者相抗衡，再加上又失去了最高指導者，許多人因此崩潰放棄。

被甘水籠絡的政府和軍方重要人士亦然。

這些人心中原本就沒有特別的信念。他們只是忠於自身欲望，想著在甘水建立起新帝國之後也能從中撈點好處，一旦甘水消失了，他們也就分崩離析。

甘水直是這一切的中心人物。對異能心教來說，他是唯一、無可取代的支柱。若是這樣的他死去，異能心教的前行之路也會跟著被斷絕。

寶上、文部大臣及其祕書等殘存黨羽，以及曾協助甘水的人物，現在全都遭到逮捕而靜待審判。

「不過，真的是太好了。」

美世輕聲道出真心話。

好幾次，她都以為一切就要這樣結束了。不過，待風波平息之後，她意外順利地回歸平靜的日常生活。

「就是啊，久堂少校也不用被懲處了吧？」

「是的……老爺的嫌疑和罪狀，最後被斷定為篡國者個人的獨斷。」

當初要是再晚個一步，政府的機能恐怕就會被癱瘓了。

據說，政治家和官僚先前分裂成甘水派和皇族派，並憑藉各自擁有的權限，指揮自家勢力進入武裝狀態，指出彼此犯下的罪行，為了將對方送進大牢而持續對峙著。

不斷在兩派之間發生的小規模衝突，最後被大海渡所率領的皇族派全數平定，政府也因此得以繼續維持運作。而甘水派強行讓清霞背負的莫須有罪名，當然也一筆勾消。

（畢竟老爺確實是無辜的，所以這是一件值得欣喜的事。）

清霞的嫌疑被徹底洗刷，徹底到甚至令人有些不安的程度。

「妳的表情……看起來不太能接受的樣子？」

新總會馬上看穿美世內心的想法，清霞也是。老是讓他人輕易從表情看穿自己，是因為美世原本就是個很好懂的人嗎？

「也不是這樣……那個，我能問您一個問題嗎？」

「可以啊。」

「新先生，打從一開始，您就打算對甘水開槍，所以才會加入異能心教嗎？」

美世也很清楚這是個粗神經的問題，但她實在無法不問出口。

她已經一連好幾天都像今天這樣前來探望新，但因為他的傷勢嚴重，看起來不是能長時間與人交談的狀態，今天是美世第一次有機會好好跟他說話。

新並不在意這個有些尖銳的提問內容，點點頭以「這個嘛……」回應後，一雙眼睛望向遠方。

「因為甘水邀請我加入。那個當下，我浮現的想法是『啊啊，這個男人真的還是沒能逃離薄刃家呢』這樣。」

看到美世帶著摸不著頭緒的表情歪過頭，新朝她微笑。

「在澄美小姐嫁到齋森家之後，對薄刃失望至極的甘水離開了這個家。他想必有過反抗薄刃家的想法才對。然而，這樣的他卻想要殺害天皇，讓自己或美世妳——讓薄刃站上帝國的頂點。也就是說，甘水深信薄刃家的異能者是帝國最強大的存在。即使離開了薄刃家，他仍然沒能跳脫這樣的價值觀。」

「……這該說是他傾向偏袒自家人嗎？」

「可以這麼說。不只是甘水，薄刃封閉而獨特的成長環境，或許多少都會讓家族成員有這樣的傾向。」

被新這麼一說，美世也覺得或許真是如此。

無論被美世拒絕多少次，甘水仍沒有放棄招攬她到自己身邊。還說要將帝國、將整個世界獻給她。

能夠理解薄刃的孤獨、明白薄刃的實力的，就只有薄刃自己。

甘水或許是下意識認定，只要是薄刃家的一員，就應當能理解他的思想，也絕對會予以贊同——這就是新想表達的吧。

「甘水想必是認為，只要主動招攬我加入異能心教，我就會追隨他。他八成沒想到我會在加入之後冷不防地背叛吧。又或者，他是把我和過去的自己重疊了。」

美世原本以為甘水是個思慮更周全、警戒心更強的人物。畢竟為了篡國，他可是不惜耗費漫長年月來擬定計畫。

新將視線移向手中盛著橘子的盤子。

「我能體會他的心情。生在薄刃家的人，沒有一個覺得這個世間是合理的。對於這種不合理的現象，薄刃一族偏向對外發散心中的不滿，也多半會秉持『只有自家人值得信任、能夠跟自己互相理解』這樣的觀念。甘水的思想聽起來很合理，我可以理解想追隨這種思想的心情，以及認定『薄刃家的成員必定會追隨這種思想』的想法。」

再者，從一開始到最後，甘水的世界始終繞著澄美打轉。為了她，甘水希望世間的一切都能如自己所願。

以甘水和澄美之間的關係來思考的話，這絕對是薄刃價值觀薰陶下的結果。更何況，甘水本身就是擁有強大力量的薄刃異能者。

不管怎麼說，甘水沒有用異能來對付美世、又邀請新加入自身勢力，都是因為他們是薄刃家的一員。

（這個人其實很單純呢……）

甘水的心靈仍有著這般稚嫩的一面。

「我看準了甘水在這方面的天真想法，選擇加入異能心教，打算要是自己的目的被他識破，就到時再說。而且，我也有確實向堯人大人報告自己被甘水拉攏一事。」

「咦！」

原來堯人知道新被甘水邀請加入異能心教的事？

「他倒是回我『要不要加入，由汝自行決定即可』這樣呢。」

雖然這個真相讓人完全笑不出來，但看到新聳肩的逗趣模樣，震驚不已的美世不禁露出淺淺笑容。

「那麼，我也能問妳一個問題嗎？」

「是……？」

新以認真的表情看著美世，然後緩緩開口。

「美世，妳當初會用夢見之力將我們關進夢境世界裡，是為了保護我和甘水嗎？」

美世吃驚地回望新的雙眼。

他說得完全沒錯。美世其實不希望任何一個人死去，她希望他們能活下來，為自己的所作所為贖罪。所以，她當時才會一直努力和甘水對話。

然而，夢見之力所預見的未來實為殘酷。新朝甘水開槍，但最後也兩敗俱傷地死去——美世看到了這樣的未來。

「在管理大樓對峙時，妳那番發言，並不是為了阻止我身為異能心教一員的作為，而是為了阻止我在那之後對甘水開槍，對吧？」

說得正確一點的話，其實兩者都有。

不過，新的發言確實一針見血，美世的意圖似乎都有好好傳達給他。不過，被他當面這麼說，感覺莫名有些難為情。

「是……是的，沒錯。」

她不希望任何人受到傷害或是消失不見，所以把大家都關進沒有暴力、不會受傷的世界裡，試著相信這麼做就能改變什麼。

最後，雖然新免於一死，甘水的死卻無法扭轉。

（夢見之力很強大，但想要完美運用很困難……我深深體會到這一點了。）

為了改變自己預見的未來，該做些什麼才好？這樣的未來，可以透露給他人多少？她只是「看得見」而已，並不明白這些問題的答案。

現在，她知道同樣能看透未來，還能靈活運用這種天賦的堯人有多麼厲害了。美世的能力還相當不成熟，思慮恐怕也不夠周詳。

「抱歉，我沒有聽妳的忠告。」

看到新向自己低頭致歉，美世連忙揮揮雙手。

「請別這麼說，我做得不夠好的地方更多……」

「這麼說不是要為自己辯解，不過，其實我是之後才發現妳這番發言的用意。」

新的兩道眉毛彎成愧疚的八字狀。在最關鍵的時刻，美世的意圖卻沒能好好傳達給他，實為令人遺憾的一件事。

「對了，我後來才想到，妳從來沒有問過我『為什麼要投奔甘水』這樣的問題呢。」

一如新所言，美世的注意力完全放在新跟甘水之後的生死對決上。

「妳的夢見異能已經徹底覺醒了呢。」

語氣聽起來有些落寞的這句話，讓人感覺到身為薄刃家一員的新，此刻浮現在內心的各種錯綜複雜的感慨。

「是的……不過，可以的話，我不想再驅使這股異能了。」

照理來說，既然力量覺醒了，應該要有效利用它才是。

當然，美世今後也打算繼續接受運用異能的訓練，並沒有想怠慢偷懶的意思。只是，她壓根不願意再遇上像這次的騷動。

每當他人的刀尖或槍口對準自己，都讓她覺得心臟彷彿被一隻冰冷的手狠狠掐住，身體也因此變得僵硬而無法動彈。

每當回想起甘水額頭被打穿一個洞的死狀，她就覺得整個人不舒服到幾乎要落下淚水。

能夠驅使異能，意味著必須投身戰場。

現在，美世珍惜的人事物愈來愈多，其中也包括她自己。驅使異能戰鬥的命運，她實在無力奉陪。

「我……就像那個人所說的，我是個一味依賴老爺，因為小小的幸福便心滿意足的愚蠢女人。不過，我覺得這樣就好了。」

過去那般望眼欲穿的幸福，現在就收在自己的掌心裡。光是這樣，不就已經足夠了嗎？

就算有機會以夢見之力拯救更多人，但在讀過歷代巫女的手札後，美世感覺自己恐怕不是這塊料。

她沒有機靈到可以在拯救他人的同時，還能繼續維持自己幸福的生活。這點美世本人再清楚不過。

「妳不需要介意甘水說的話啦。」

聽到新的安慰，美世以無言否定。

她並不是介意，只是，甘水的那些話確實點出了關鍵。

「這麼說或許很自私，不過，不再為他人驅使異能的我，想從今後開始好好體會屬於自己的幸福人生。」

這樣的她，或許沒資格當一名夢見巫女吧。儘管如此，美世仍想把以異能者的身分嶄露頭角的機會讓給清霞等人。

甘水死去、薄刃開始改變、新也平安無事。已經沒有美世上場的必要了。

因此，她不願再受到「是否擁有異能」這種價值觀的制約，只想用自己的幸福，以及自己珍惜之人的幸福來填滿此生。她想嘗試這樣的人生。

這就是美世現在的，以及未來的期盼。

兩人的對話至此告一段落。在病房裡頭變得安靜的同時，走廊上傳來其他人的交談聲。

「——如果你改變心意，就馬上聯絡我。明白了嗎？是馬上。」

「那一天並不會到來，還是請您趕快挖角其他優秀人才吧。」

是大海渡迫切的嗓音，以及清霞不耐的嗓音。

美世和清霞原本是一起造訪帝國軍本部，但因為她要來醫院探望新，清霞則是得前往司令部一趟，於是兩人便分開行動。

清霞前往司令部的目的，看來就是去拜訪大海渡。

甘水這次的謀反行動讓整個帝國軍陷入嚴重的人手不足問題，因此，據說司令部希望清霞能填補這些人力空缺。

大海渡方才的發言，或許就是跟這件事有關吧。

「結束了嗎？」

從大門敞開的病房入口現身的，是身穿一襲輕便和服的清霞。他今天沒有紮起頭髮，任憑一頭長髮披垂在身後。看了看表哥的臉，再看了看未婚夫的臉後，美世點點頭。

「……美世，妳不繼續幫我剝橘子了嗎？」

聽到新淘氣又帶點不滿的這句咕噥，清霞迅速朝他走近，一掌拍掉他伸向美世的手。

新哀嚎了一聲「好痛」，然後恨恨地瞪著清霞。

「我可是傷患呢。久堂少校總是血氣方剛的，真讓人傷腦筋。」

「讓美世一連好幾天都過來探病，已經是我最大的讓步了。」

清霞的語氣聽起來相當不悅。

美世頻繁來探望新的行為，其實讓清霞不大滿意。他每次都會叨念「妳今天又要過去嗎」，然後板著一張臉送美世出門。

清霞本身的傷勢也不輕，但並沒有嚴重到需要躺著靜養的程度。或許跟這點也有關吧。

（老爺好像比以前更愛撒嬌了呢。）

這麼想著，讓美世覺得平常看起來凜然、美麗又勇敢的清霞，一瞬間彷彿變得好可愛。

感覺嘴角忍不住上揚的她，從病床旁的椅子上起身。

「不好意思，新先生。我得走了。」

她拎起布製手提袋，走到清霞身旁，最後轉身朝表哥低頭道別。

「我接下來要和老爺約會……那麼，我下次再過來。」

「嗯，再見。」

看到新揚起一隻手道別後，美世便轉身和清霞一同離開病房。

◇◇◇

離開軍方醫院後，開始約會行程的美世和清霞，最先造訪的場所是和服店「鈴島屋」。

在帝都屈指可數的這條拓寬道路上，有眾多大型店鋪林立。兩人抵達面對道路的和服老店時，已經有其他客人在裡頭。

「歡迎您大駕光臨，久堂大人。」

「要麻煩你們了。」

鈴島屋的老闆娘桂子笑盈盈地出來迎接兩人。但在踏進店內的瞬間，店鋪深處便傳來細微的爭執聲。

「西式禮服等到餐宴時再穿就好了嘛！白無垢、色打掛（註3）、再加上西式禮服。這樣有什麼不妥？」

「色打掛這種東西太古板。婚禮時穿白無垢，接下來的時間一律穿著西式禮服就行了。」

「穿著西式禮服無法參加茶會呀。」

「那就把茶會改成西式的花園派對吧。反正婚宴會在帝都飯店舉行，那裡有能夠用來辦花園派對的場地。」

「妳想讓賓客們暈倒嗎！更何況，主要的流程幾乎都已經決定好了，怎麼可能現在突然變更呀！」

聽到這段唇槍舌戰，美世和清霞不禁面面相覷。

在裡頭起爭執的人是葉月和芙由，她們似乎是為了美世在婚禮上穿的服裝意見相

註3：白無垢是純白的日式傳統和服，色打掛則是色彩鮮豔的和服外袍。

左。

直到最近，美世才知道清霞早在好一陣子之前，便已經委託芙由和葉月協助籌備結婚典禮。

照理說，婚禮的準備工作，原本應該要由身為主角的清霞和美世率先參與才是，無奈兩人完全沒有這樣的閒暇。而清霞或許也早就預料到這一點，才會轉而委託這兩人。

不過，婚禮原本就是兩家子一起舉辦的活動。比起本人，典禮通常都會比較貼近雙方家庭的意願。所以芙由和葉月理所當然也二話不說地接下這個委託。

基於這樣的原因，在美世渾然不覺的狀態下，婚禮的場地已經預約好了，喜帖也全數發送完畢，甚至連婚禮的流程都已經定案。

這般有效率的安排，讓美世有些吃驚，但也滿懷感謝。

「婆婆、姊姊、由里江太太，妳們好。抱歉我來晚了。」

桂子領著美世和清霞走進鈴島屋的熟客專用房間。看到兩人出現，葉月的表情瞬間開朗起來，芙由則是不悅地別過臉去。

由里江則是面帶微笑地……以有些肅殺之氣的微笑看著這樣的光景。

「美世妹妹，我們等妳好久了。」

「竟然讓夫家的親戚這樣乾等，妳倒是挺了不起的嘛。」

「媽媽，妳別說話啦。好了，今天要來確認當天會穿的服裝喲。」

簡潔有力地駁斥芙由的挖苦後，葉月起身朝美世招手。

「來吧，美世妹妹。到這邊來。」

聽從葉月的指示走到她身邊後，美世第一次目睹了掛在橫木衣架上的結婚禮服。

首先是白無垢。正絹材質的純白外袍上，有銀色絲線所繡成，華麗而優美的鳳凰和盛開牡丹花的吉祥圖樣。

在燈光照耀下，刺繡和正絹透出閃閃動人的光澤，看起來彷彿在發光。

因為實在是太美了，美世的雙頰不自覺湧現一片紅潮。

「好美呀……」

「對吧？其實這是我媽嫁給我爸時穿的白無垢呢。我結婚時也是穿這一件……妳會不會覺得排斥？」

完全說不出話的美世，只能以搖頭的方式回應。

很遺憾的，澄美嫁到齋森家時所穿的衣物，早已一件都不剩了。

沒能從母親那裡繼承任何遺物的美世，一年前還以為自己這輩子都不可能有機會穿上如此華美的衣裳，幾乎已經死心了。

更別說是繼承芙由和葉月當年穿過的白無垢了。不可能有比這更令人開心的事情。

「哎呀呀，現在流眼淚還太早了喲。」

被葉月發現自己雙眼噙著淚水後，美世連忙朝她露出笑容。

「只是確認結婚禮服也有得哭哭啼啼，真是太難看了。」

「夫人……」

聽到芙由老樣子的挖苦，由里江隨即開口柔性勸阻。雖然表情看起來有些意外，但芙由也老實地閉上嘴巴，沒有對由里江擺出高壓的態度。

「因為妳的頭髮很長，當天或許可以用自己的頭髮梳成島田髻。不過，戴假髮會不會比較輕鬆呀……清霞，你覺得呢？」

「我不懂這些……我要出去一下。」

清一色是女性的這個空間，似乎讓清霞待得很不自在。他皺著眉頭離開房間，往店舖的方向走去。

「真拿這個男人沒辦法耶～」

葉月無奈地圓瞪雙眼這麼說。桂子沒有針對清霞的行動多說什麼，而是馬上將話題拉回來。

「敝店可以替您準備假髮喲。」

「這樣呀，那就拜託你們好了。因為媽媽一直堅持穿西式禮服，要換上西式禮服的話，穿白無垢時先戴著假髮，之後會比較好整理髮型。怎麼樣，美世妹妹？」

「好……好的。非常感謝您。」

接著是這件——在葉月指示下，美世將視線移往隔壁的橫木衣架上。

這襲色打掛是要在婚禮中換上的第二套服裝。

這件和服也極為華美。從肩膀到和服下襬，是由淡紅色漸漸轉為鮮紅的漸層。上頭有兩隻以金線勾勒出外型、做工精緻的白鶴；盛開的櫻花紛落在潺潺流水的圖樣上。

儘管以明亮的淡紅色作為底色，再以金色絲線繡出高雅的圖樣，卻不會給人輕浮的感覺，只有鮮豔吸睛的華麗。

「非常……漂亮。」

「這件是我們委託鈴島屋老闆娘，請她做出一套最適合妳、又最可愛的色打掛呢。妳能喜歡真是太好了。」

之後，美世和葉月又循著桂子的說明，確認所有需要的物品。

諸如肌襦袢、長襦袢、綿帽子、半襟、足袋、草鞋，還有懷劍、筥迫（註4）等小東

---

註4：肌襦袢是穿著和服時，介於內衣與外衣之間的中衣；長襦袢是介於肌襦袢和外衣之間的襯衣；綿帽子是新娘穿著白無垢時所戴的帽子；半襟是可拆替式的和服衣領；筥迫是用來放懷紙或鏡子，類似化妝包的收納包。

西，都是全新的。

為了人生僅只一次的婚禮，竟然要湊齊這麼多東西，感覺似乎有點浪費；不過，美世覺得這次自己沒必要再推辭了，於是選擇坦率地開口道謝。

「需要確認的大概就是這些了。出席餐宴用的禮服媽媽好像已經跟專門的西服店訂製了。禮服在正式完成前需要試穿，到時我們再一起過去吧。」

說著，葉月轉動眼球朝垮著一張臉的芙由瞄了一眼，然後輕輕嘆氣。

「非常感謝兩位。不好意思，讓妳們為我打理一切……」

「沒關係啦，美世妹妹，只要妳以後也為下一代的孩子們做同樣的準備就足夠了。」

美世不禁眨了眨眼。

葉月說的下一代，是指美世的女兒，又或是媳婦嗎？現在的她，還完全無法想像這種遙遠的未來。

看著美世不知該如何回答的模樣，葉月露出苦笑。

「雖然沒有說出口，但針對這次的婚禮，媽媽提出了不少主張，所以她心裡一定是很期待的。妳不要覺得自己給我們添麻煩，然後因此感到愧疚喲。」

「是。」

關於這一點，美世必須好好回以肯定。

再怎麼美化芙由的形象，也很難用「溫柔」來形容她的個性。儘管如此，美世仍認為她絕非完全不懂得體恤他人的人物。

所以，她也很明白葉月這番話的意思。

包括這樣的婆婆和大姑在內，對美世來說，她即將嫁入的久堂家，已經是足夠溫暖又貼心的一個家了。

「那個……我開始有一點期待婚禮了呢。」

再次環顧這個充斥著華美色彩的房間後，美世將滿溢在心頭的暖意化為言語。

像這樣確認之後要穿戴的服裝飾品時，除了嘆為觀止以外，自己馬上就要成為久堂家一分子的事實，也令她愈來愈有真實感。

除了不安以外，「之後，自己就再也不是齋森美世」這樣的變化，其實多少也讓她感到落寞與惋惜。儘管如此，能成為久堂家的成員，仍讓美世打從心底開心。

「哎呀，只有一點嗎？」

看到葉月帶著壞心眼的笑容這麼問，美世連忙否定。

「不……不是的！是很期待、非常期待！」

「這樣啊，那就好。真是太好了呢，清霞。」

「……嗯。」

面對姊姊的調侃，不知何時返回房裡的清霞，眉心此刻擠出了更深的皺紋。

不過，看到他似乎為此感到放心的反應，美世更開心了。

因為這讓她明白清霞同樣很期待結婚典禮、期待兩人成婚之日。

「對了對了，你們有看過婚禮流程還有受邀賓客名單了嗎？」

「嗯，看上去沒什麼大問題。」

聽到清霞的回應後，葉月以「嗯，不過……」繼續往下說。

「另外有什麼要求的話，記得跟我說喲。如果是現在還來得及調整的範圍，我會盡力去安排。」

美世回想起清霞拿給她看的受邀賓客名單的內容。

不愧是名門久堂家當家的婚禮。除了原本就有交流的家系以外，還有以異能者的身分或是軍人身分往來的賓客。眾多人名就這樣一字排開。

除了薄刃家和對異特務小隊的成員以外，其他幾乎清一色是美世不認識的人。

看到名單上的最後一個名字時——美世有一點點、有那麼一點點鬆了一口氣的感覺。

因為名單上沒出現過「齋森」這個姓氏。

沒有半個家人來參加自己的婚禮，讓她覺得有些難為情；不過，有一部分的她，其實也為了不用在大喜之日看到那些人而感到放心。

她實在很討厭總是這麼沒出息的自己。

（這樣……就好了吧。）

老實說，美世至今仍有些迷惘。不過，她實在沒有勇氣提出將父親、繼母和繼妹也加進名單裡頭的要求。

正當美世猶豫不決時，清霞輕輕將手擱在她的肩頭上。

「只要婚禮能夠順利舉行，對我來說就足夠了。」

「哎呀！這種發言很不貼心呢。說這種話的男性我覺得會被扣分喔，少爺。」

聽到由里江這麼說，葉月也以「就是呀，由里江太太說得沒錯」附和；就連芙由都對清霞投以想說他幾句的無奈眼神。

這是女性陣營很罕見地意見一致的瞬間。

不過，如果要說真心話，美世其實也跟清霞有同樣的想法。她很期待葉月等人盡心盡力策劃的這場婚禮，也覺得很開心。只是，無論辦了一場什麼樣的結婚典禮，只要能和清霞結為連理，對美世來說就已足夠。

能跟他攜手共度人生，就是美世最大的幸福。

看到清霞帶著略微不滿的表情沉默下來，美世悄悄朝他展露笑容。

「哎呀呀，兩位看起來已經很有夫妻的樣子了呢。對吧，夫人？」

「……我才不管呢。」

聽到看著美世和清霞互動的由里江將話匣子帶到自己身上，不悅的表情幾乎跟兒子一模一樣的芙由移開視線。

一直在旁邊待命、將一切全都聽進耳裡的桂子，雖然沒有當著熟客的面哈哈大笑，但似乎也無法按捺想笑的衝動。

在對話告一段落後，葉月輕拍一下手，以「好啦」再次開口。

「就到這裡結束。你們倆今天久違地能夠悠閒共度接下來的時光吧？」

這倒是。約會才剛開始，美世和清霞也還沒決定要上哪兒去，但兩人至少可以趁這個機會放鬆一下。

「要好好休息喲，不然——」

至此，葉月突然以嚴肅表情道出嚇唬人的發言。

「當天除了有很多賓客前來以外，報社或許也會來採訪，所以會很累人呢。妳先做好心理準備吧。」

「咦！」

賓客就算了，但採訪……？名門世家的婚禮，似乎是值得被報紙刊登的消息。一陣寒意竄上美世的背脊。

「美世。」

「啊，是。姊姊、婆婆、由里江太太，還有老闆娘，今天非常感謝各位。」

最後還是忍不住變得謙卑的美世，跟著清霞步出鈴島屋。

婚禮的準備工作尚未結束。雖然還有不少有待商定的細節，但兩人仍像是被趕出去那樣離開了店鋪。

冬天的寒冷空氣和春天的暖陽氣息交織在帝都的街頭上，人們或許已經憑直覺感受到春天的腳步，個個都散發出較為開朗活潑的感覺。

儘管距離春天還有一段時間，灑落的陽光仍讓積雪徹底融化，路面也不再潮濕泥濘。目前呈現一片光禿禿的行道樹，想必不久之後就會開始抽出嫩芽。

不過，不時吹來的風仍有些刺骨。

「唉，抱歉，老是這麼忙亂。」

聽到走在身旁的清霞這麼向自己賠罪，美世以「不會」回應。

方才待在鈴島屋時那種開心、亢奮的情緒已經恢復平靜，現在籠罩著兩人的，是宛如夜晚的慶典結束後的寂靜。

美世明白清霞所謂的「忙亂」，是指很多方面的事情。

首先，是他必須對甘水失敗的政變行動進行各項後續處理，所以時常不在家，導致兩人有一陣子沒能好好說上話。

另外，就是結婚典禮的事。

因為有事先委託葉月、芙由和由里江協助籌備，婚禮看來能如清霞宣言那樣在春季舉辦。不過，沒能在冬季時專心進行相關準備，多少還是讓人有些不安。

美世是薄刃的一員，同時也是被甘水鎖定的目標。在這個月頻繁接到偵訊和協助調查的要求，她不得不配合。

到頭來，兩人忙碌得直到今天才終於抽出一整天空閒的時間。真要說的話，他們其實根本沒有工夫去處理婚禮相關事宜。

「不會。」

又重複了一次後，美世主動以自己的手輕觸清霞的手。

「正因為之前很忙碌，現在能跟老爺待在一起——那個……讓我覺得……很開心。」

儘管試著鼓起勇氣說出口，但話才說到一半，美世就因為難為情而支支吾吾起來。彷彿只有自己被沖昏頭的感覺著實令人尷尬，狂亂的心跳聲以及羞紅的雙頰，讓美世覺得自己很沒用而垂下頭來。

清霞沒有做出任何反應。

他是怎麼了呢——美世戰戰兢兢地抬起雙眼仰望清霞的臉，然後大吃一驚。

總是冷靜沉著、鮮少表現出動搖的清霞，雙頰竟和美世同樣染上一抹淡淡的嫣紅。

他在害羞，那個清霞在害羞。

「妳……」

「是……是的，對不起……」

一想到未婚夫已經明瞭自己的心意，光是像這樣兩人並肩交談，就讓美世覺得手足無措。

（啊啊，都是因為我說了無謂的話……）

她好恨在幾秒前得意忘形地做出那種發言的自己。

在氣氛有些尷尬的情況下，漫無目的前行的兩人，最後踏入了一間店舖。

這間甜點店，是美世和清霞第一次一起外出那天，離開鈴島屋後造訪的店家。

（好懷念呢。）

去年春天，在清霞邀約下跟他一起外出的美世，見識到他溫柔的一面，在那天湧現了「想一直跟在這個人身邊」的渴望。

掀起和昔日相同的甜點店門簾後，美世和清霞在一如往常熱鬧的店內面對面坐下。

「妳又點日式餡蜜嗎？」

回想起去年的點點滴滴後，美世像是要重溫昔日回憶那樣再次點了日式餡蜜，清霞也像過去那樣只點了一杯茶，沒有吃甜點。

「是的，之前吃的時候……其實我是食不知味的狀態。」

美世有些緊張地道出真心話。

當時，光是跟眼前這名才認識不久的相親對象面對面坐著，便已經讓她靜不下心。再加上對方還有張無論男女老幼都會為之傾倒的清秀臉蛋，讓周遭女性紛紛對美世投以尖銳到讓她心生恐懼的視線。這些，她都還歷歷在目。

清霞皺起眉頭，看起來一副沒有印象的樣子。

「……來自周遭的視線，讓我在意得不得了。」

八成從年幼時期就備受旁人關注的清霞，到了現在這個歲數，大概也不會去在意素不相識的路人投來的各種眼光吧。

但對幾乎不曾踏出娘家一步的美世來說，這讓她感到相當坐立不安，恨不得馬上離開現場。

「視線？」

「是的。所以，我希望今天能好好品嘗。」

那時的美世，壓根兒沒想到自己還會像這樣跟清霞再次造訪這間店。

沒有異能，甚至連見鬼之才都沒有，因此，她也沒有存在價值。

充滿自卑感的自己，在真相曝光後，必定會因為不適合擔任他的未婚妻而被掃地出門。當初的美世對這點深信不疑。

沒想到，她不僅沒有被趕走，還能懷著如此平靜的心情和清霞共度時光。就算過去的自己聽聞這樣的事實，恐怕也不會相信吧。

「要說視線，今天同樣也有。」

——尤其是來自男性客人的視線。

專注回想過往的美世，完全沒能聽見清霞輕聲道出的這句話。

「咦？」

「……沒事。」

片刻後被端上桌的日式餡蜜，嘗起來十分美味。

保留了些許顆粒口感的紅豆泥有著十分高雅的甜味，搭配白玉糰子一起吃，會讓人湧現幸福的感覺。寒天凍恰到好處的口感，讓整體的滋味嘗起來清爽不甜膩。

美世從不知道日式餡蜜是如此美味的東西。

「非常美味呢。」

看到美世以單手握著湯匙，有些恍惚地道出這樣的感想，清霞臉上浮現柔和美麗的微笑。

「太好了。」

「是的，呵呵。」

雖然有些地方和去年相同，但不同之處果然還是比較多。這讓美世忍不住笑了起來。

『……妳真的都不會笑啊。』

清霞當初曾這麼對她說，明明自己也是一臉的面無表情。

兩人此刻臉上的表情想必都已經沒了過去的影子吧。雖然相識還不到一年的時間，兩人的距離已經產生相當大的變化。

一切都是託耐心陪伴美世的清霞的福，她簡直幸福到惶恐的程度。

「妳在笑什麼？」

「沒什麼。」

清霞詫異的表情看起來有些逗趣，讓美世忍不住掩著嘴角笑出來。

在日式茶杯和裝著日式餡蜜的玻璃碗變得空空如也後，結帳完的兩人離開甜點店，繼續並肩往前走。

（天氣暖呼呼的，感覺很舒服。）

過了正午時分後，高掛在天空中的太陽為暖和的戶外更添幾分春天氣息。今天就這麼暖和的話，或許百花齊放的季節馬上會到來。

「老爺。」

「怎麼？」

美世向清霞提議自己接下來想前往的某個景點。

儘管看起來很想問「為什麼要去那裡？」但清霞沒有反對，答應了美世這個要求。

兩人在新年參拜時造訪的這間神社，不同於那晚的盛況，現在來參拜的遊客只有三三兩兩。

以石磚鋪成的參拜道路，一路走來十分靜謐。

新年那時的喧囂及異常強烈的肅殺之氣，現在已經一點都不剩。眼前這片和平至極的光景，足以讓人懷疑異能心教和平定團或許從來不曾存在。

世人想必也會逐漸淡忘曾經出現過這樣的組織，以及他們所引發的風波吧。

即使這是一輩子都會存在於美世心中的過往也一樣。

（不過，真的好放鬆呢……）

美世一邊前行，一邊豎耳傾聽微微的風聲，感受著春天的明朗氣息。

或許是因為先前過了好一陣子手忙腳亂的生活，和清霞一起默默走在參拜道路上，讓美世感到舒適又愜意。他們倆都不太擅長喋喋不休地說話，但就算不開口，美世總覺得他們也能理解彼此的感受。

「以前，我有跟妳提過久堂家原本是在舊都負責祭神儀式的一族吧？」

「是的。」

清霞望向神社本殿這麼輕聲開口。

「說起來，這算是有點麻煩的事情。現在，舊都其實也有久堂的本家血脈……稱得上是本家血脈的家系，代代在那裡守護神社、承襲祭神儀式的工作。」

「您出生的久堂家不是本家嗎？」

「不，因為分家是很久遠以前的事情了。至今早已過了幾百年，而且每個分家所延續的也都只是自家血脈而已。事到如今，沒有必要再主張誰是本家，誰又是分家。」

這個意外的事實讓美世難掩驚訝。

倘若是在幾百年前就已經分家，這些分家或許早已成了彼此不相干的家系。不過，身為屢屢有強大異能者誕生的名門，和異能有所牽扯之人絕不可能沒聽過的久堂家，原本竟然只是分家之一。

只不過——清霞又繼續往下說。

「直到上一代，婚禮都是在舊都的神社舉行。」

「那麼，我們也要去那裡辦嗎？」

倘若這是久堂家的慣例就不能視若無睹。雖然他們目前是規劃在帝都舉辦婚禮，如果在舊都再舉辦一次……不知道可不可行？

聽到美世這麼問，清霞搖搖頭。

「說來說去，我們其實也沒有餘力特地跑去舊都舉辦婚禮，所以我請他們睜一隻眼閉一隻眼了。然而，我們也不能就這樣什麼都不做，總有一天得過去問候一聲，或是至少辦一場茶會。妳先做好心理準備吧。」

「原來是這樣呀……我明白了。」

先不論問候或舉辦茶會這些待辦事項，美世不禁開始想像舊都是個什麼樣的地方。

舊都給她的印象是個風雅又別有一番趣味的地方，不過，實際到現場去確認也讓她相當期待。

光是想像自己會跟清霞一起眺望什麼樣的景色、體驗什麼樣的事情，就讓美世興奮不已。

（更何況……）

那個地方還有幸次。

沒有書信來往，甚至不曾聽聞半點相關消息的兒時玩伴，現在過得如何呢？美世一直很在意這一點。

就算不能見到面，她希望至少能打聽到一些幸次的近況。

（雖然得先等婚禮辦完就是了……）

還要再等一陣子之後，兩人才會造訪舊都。

斷斷續續對話的同時，美世和清霞穿越巨大的鳥居，踏進神社內部。走到本殿外頭後，兩人投下香油錢，並肩行二拜二拍手之禮。

將雙手合十、閉上雙眼的美世，感受到各種情感在內心湧現。

新年參拜時，美世默默向神明道出自己的迷惘。她該如何面對自己的心意？她可以試著去定義自己這份「愛」嗎？

經歷苦思、煩惱之後，她終於整頓好心情。

除此之外，還有很多必須思考的問題，煩惱可說是無窮止盡。不過，也因為她得出了結論，此刻才能再次像這樣跟清霞一起描繪未來。

（非常感謝您。）

不同於新年那時，今天來參拜的人很少。所以，就算在本殿外頭祈禱久一點，也不至於給他人添麻煩。

美世靜靜地祈禱，正視自己的心意，然後在內心以簡短幾句話為祈禱收尾。

「平日的神社感覺也不錯啊。」

兩人最後再朝正殿一鞠躬便轉身離開。美世點頭同意清霞的意見。

「感覺讓人心靈很平靜呢。以後還可以再來嗎？」

「嗯……好了，接下來要去哪裡？」

兩人相視而笑之後，在沒有決定目的地的狀態下步出神社。

沒有特別打算前往何處的美世和清霞，就這樣在街頭感受著冬天的寒風，以及春天的暖意。

在散步途中，有時會以路面電車代步的兩人，不知不覺來到了下町附近。跟帝都中心相比，這裡又是另一種不同的熱鬧氣氛。

不太講究建築物樣式、幾乎跟搭起棚子的路邊攤沒什麼兩樣的點心店和雜貨店，四處混雜林立在這裡。

叫賣聲此起彼落，隨處可見色彩鮮豔的宣傳用旗幟插在攤位上。路上行人的穿著打扮也五花八門，跟莫名帶有一股嚴謹氛圍的帝都中心鬧區有著不同的趣味。

「噢，就去那裡吧。」

「那裡……？」

這麼詢問似乎想到什麼好點子的清霞後，他指向遠處的一棟建築物表示「就是那個」。

從並排的建築物之間望過去，以蒙上一層早春霧氣的景色為背景，隱約能看見一座幾乎直達天際的高塔。

美世曾數度從遠方眺望這座高塔，但並沒有真正靠近它過。那是——

「那就是十二階（註5）。」

要爬上最高層雖然很吃力，但聽說那裡的視野非常棒，可以將整個帝都盡收眼底。打從出生以來，美世還不曾去到那麼高的地方。她現在才知道一般人也能踏入那座高聳的建築物。

從上頭俯瞰帝都，不知道會是什麼樣的感覺？

聽到能欣賞整個帝都的壯觀景致，讓美世變得很想上去一探究竟。

「爬到高樓層以後，可能會有點冷就是了。要去嗎？」

「是的。請務必帶我起去。」

清霞身上的藍色羽織外套被融雪時吹來的風揚起，美世輕輕握住他朝自己伸過來的手，在人潮之中往前走。

來到十二階腳下後，光是仰望這座高塔便足以讓人頸子發疼。想到接下來就要從這裡往上爬，美世下意識地微微繃緊神經。

一如其名，十二階是個十二層樓高的建築物。這座高塔基本上以紅磚砌成，只有最上方的兩層樓是木造結構。

購買門票入內後，美世發現這裡跟她在腦中描繪出來的西式高塔有些出入。每個樓層都有各式各樣的商店，四處可見三三兩兩的遊客。

不過，來參觀的人數比她想像的要少。

因為電梯沒有運作，兩人只能像原先做好的覺悟那樣，走樓梯爬到最高層。

（……或許是因為爬樓梯太辛苦，所以遊客才比較少吧。）

美世這麼想，試著讓自己不要去在意雙腿愈來愈痠軟的感覺。

---

註5：淺草的凌雲閣的別名。

走在前頭的清霞步調相當緩慢，還會不時回頭關心美世的狀況。不用說，他的腳步看起來不帶一絲疲勞的感覺。

還沒走到樓梯的盡頭嗎——就在美世開始為此感到不安的時候，她發現樓梯上方的景色一口氣變得開闊，同時還有冰冷的空氣迎面而來。

「哇啊……」

最上層的瞭望台沒有其他遊客，因此，即使站在狹小的室內，也能從前後左右四面牆上的巨大窗戶清楚看見外頭的風景。

為了避免墜樓意外發生，周圍設置了跟身型高挑的清霞差不多高的圍籬。而在這道圍籬之外——

帝都的街景一直綿延到地平線的另一頭。在四通八達的街道上來來往往的行人，頭部看起來只有米粒那麼大。看著這些米粒理所當然地四處移動，讓人有種不可思議的感覺。

眼前這片壯觀的景致，讓美世看得十分著迷，甚至連呼嘯而過的北風都沒能讓她感覺到寒意。

「這裡好高呀。」

或許對此沒有太大的興趣吧，提議來十二階的清霞本人只是站在美世後方，沒有上前俯瞰這片美景。看到美世轉頭望向自己這麼說，他愛憐地瞇起雙眼。

「是啊。」

「原來帝都這麼寬廣呢……」

美世伸手按住被風揚起的髮絲，坦率地道出此刻最深的感觸。

出生至今的這二十年以來，美世一直住在帝都，但她所知的世界卻狹小無比。即使過去這一年經歷了各式各樣的事情，她仍不曾像現在這樣從高處俯瞰景色。

遠眺之下的帝都十分寬廣，而整個帝國彷彿更無邊無際。

「感覺……好像一切都無所謂了。」

看著眼下這片景色，讓人覺得人類其實渺小不已，跟被困在蜘蛛網上拚命掙扎的小飛蟲沒什麼兩樣。

「覺得空虛嗎？」

聽到清霞有幾分落寞的提問，美世以「不是的」回應。

「我沒有感到空虛，只是覺得……自己似乎是誤會了什麼。」

迎著不斷吹來的冷風，美世體會到自己的心境每一分每一秒都在變化。和甘水對峙時，以及方才和新對話時的心境，都跟現在有所不同。

對他人坦承真心話的時候、像現在這樣體驗全新事物的時候。

每當這種時候，她原本混濁、黯淡的心，總會再次重生為全新無瑕的狀態，讓她察覺到某些事情。

「誤會？」

「是的。總覺得……在夢見之力變強後，自己彷彿有種一肩扛起了什麼的感覺。」

「……」

「可是，我不認為自己想要扛著那個東西。所以，為了過著平凡的幸福生活，我覺得自己必須做好捨棄它的重大覺悟，並為此拚命努力。」

透過夢見異能，美世看見了很多。

過去、未來、現在——為了救出清霞，她在逼不得已的狀況下，從這些沒有明確意義的破碎光景之中做出取捨。真要說的話，她覺得自己應該背負起這一切才對。

（可是，對我來說，這個擔子過於沉重了。）

因此，她做好了將其捨棄的覺悟；倘若想要捨棄，就必須痛下決心。這是她對新說出那番話的用意。

「並非這麼一回事吧。」

美世點頭同意清霞的意見。

「是的。我現在也這麼認為……更何況，一個人所必須背負的，不應該是這般沉重的擔子才對。」

當個普通人就好了。放眼望去，有這麼多人存在的世界裡，無論擁有多麼強大的力量，一個人所能造成的影響必定是微乎其微。

想透過異能成就什麼豐功偉業，或是徹底活躍一番，是相當不知輕重的想法。為了將其捨棄而付出努力，同樣也是一種不自量力的行為。

清霞朝前方踏出一步，來到美世身旁和她並肩站著。他伸手摟住美世的肩頭，輕輕讓她靠向自己。

「妳只要活出自己就好。打從一開始就是這樣的吧？」

「……是。」

像是為了抵禦寒風那樣，美世將腦袋倚在清霞的手臂上。在極近距離之下聽著清霞溫暖的心跳聲，不知為何令她有點想哭。

「大家都很喜愛這樣的妳。」

清霞口中的「大家」，想必包含了美世離開齋森家之後，至今遇到的許許多多的人吧。

宛如奇蹟般崇高的現實，這是一年前的她完全無法想像的。

她想珍惜到嚥下最後一口氣為止的溫暖情誼以及日常生活，美世打從心底覺得，今後能繼續守護這些寶物，真的是太好了。

「您也是嗎，老爺？」

「嗯。我也是，美世。」

聽到清霞坦率地回答自己怎麼都想要問出口的問題，美世感到很放心。每當清霞輕喚她一聲「美世」，她就覺得自己能一直維持幸福的狀態。

跟清霞相遇後，她才開始變得喜歡自己的名字。美世終於能夠相信，她只要活得像自己就好。她的內心湧現了勇氣。

再也按捺不住的她，只能任憑一滴淚水從眼角滑落。

「其實，我也有打算減輕自己肩膀上的負擔。」

聽到清霞這麼說，美世將手按上他摟著自己肩膀的手。

「我已經跟大海渡閣下商議過了。等到軍方的問題差不多都解決、告一段落後，我打算——辭去軍人一職。」

美世「咦」了一聲，吃驚地抬頭仰望未婚夫的臉。他的雙眼筆直望向前方，彷彿在規劃遙遠的未來。

「為什麼……」

美世只認識身為軍人的清霞，也不知道有誰能比他更受軍方仰賴。在清霞遭到幽禁的期間，聽過五道大吐苦水後，更讓她充分了解到這一點。

就算沒有加入帝國軍，異能者仍有負責對付異形的義務。

儘管如此，清霞還是成為了一名軍人。美世大概能猜到他是基於某種重大理由才會做此選擇，所以壓根兒沒想到他會打算卸下這個職務。

「打從一開始，我就不適合從軍。」

「可是，您至今一直都在軍中服勤呢。」

這讓美世惋惜不已。

清霞在軍中的身分地位很高。儘管只是一支小隊的隊長，但背後還有傾向重用他的大海渡，再加上清霞本人締造的功績，讓他成為帝國軍內部廣為人知的存在。

一旦辭職，這些成果會在瞬間化為烏有。

「無妨，畢竟我原本就沒打算加入帝國軍。」

清霞緩緩轉頭，俯瞰身高比他矮了一截的美世的臉。

之前，美世曾聽五道提及一段過往——在五道的父親殉職後，清霞因為感到愧疚，才會改變心意加入帝國軍。

這樣的話，或許他已經在內心為這件事做了一個了結。

今後，美世想從清霞本人口中聽到更多事情。年幼的他曾經做過的夢、思考過的問題、感受過的事情。

「……還是說，不再是軍人的我，配不上妳這名未婚妻？」

「不，怎麼會呢。如果老爺想這麼做的話，我會支持您的。」

「支持我嗎？」

「是的，支持您。」

說著，美世以極其認真的眼神望向清霞的雙眼，但後者卻突然別過臉去，噗嗤一聲笑出來。

「您為什麼要笑呢！」

「因為這不是什麼需要得到妳的支持的事啊。不過，我就感激地收下妳這片心意吧。」

說著，他抽離了原本和美世依偎在一起的身體。

看到清霞轉身朝瞭望台出口走去，美世連忙跟上他的腳步。

兩人從十二階一樓一樓慢慢逛下來。從一樓出口走到戶外時，太陽已經開始西斜，天空也逐漸轉為藍灰色。

「回去吧。」

「是。」

再次握住彼此的手後，兩人在下町的小巷裡並肩前行。來到大馬路上後，他們改搭路面電車，隨著車廂搖晃片刻後，車窗外開始出現熟悉的風景。

走過好幾次的路、時常造訪的店家、對異特務小隊的值勤所。到陌生的地方觀光確實很開心，但果然還是這些再熟悉不過的街景更能讓人放鬆。

設置在路旁的煤氣燈開始一一點亮。

太陽下山後，氣溫也會跟著下降。目前仍是寒冷的時期，美世呵出白色的氣息，將纏繞在頸子上的圍巾重新繫好。

對異特務小隊的值勤所外圍十分安靜，看不到半個路人。美世前陣子跟式神清一起造訪這裡時，狀況可是截然不同。

兩人一如往常地走進值勤所，坐上清霞停駐在裡頭的轎車。

「美世。」

發動引擎、握住方向盤的清霞，在轎車行駛了片刻後，以平靜的語氣開口呼喚美世之名。

「是。」

「……心情有變好一些了嗎？」

原本支支吾吾想說些什麼的清霞，最後改口拋出這樣的問題。雖然有些不解，但美世還是朝他點點頭。

「是的，我玩得很開心。」

「這樣啊。」

他剛才原本是想說什麼呢？

回到家之後，美世這個疑問才獲得解答。

轎車離開帝都中心區域，沿著昏暗的鄉間道路前進一段距離後，位於郊區的家便映入眼簾。對美世來說，這已經是能令她安心的自己家了。

她終於回到和清霞初次相遇的地方。回到這個滿溢著平凡無奇、同時卻也彌足珍貴的記憶的家。

走下轎車，將手伸向被燈光照亮的玄關大門時，清霞突然止住了動作。

「老爺？」

「在這種地方或許不太適合，不過……在家裡的話……感覺又很尷尬，所以——」

在這樣的開場白之後，他從懷裡掏出一樣東西遞給美世。

接過那樣東西的美世不禁瞪大雙眼。

那是一支很可愛的髮簪。將淡紅色的縮緬（註6）加工成精緻的櫻花造型後，再固定在金色的髮簪上。很適合接下來這段時期配戴。

這支秀氣的髮簪，光是看一眼便足以讓人心花怒放。

「好美呀……您要把這個送給我嗎？」

美世按捺著激動的心情這麼問之後，清霞朝她點點頭。

「這是我在鈴島屋發現的。」

我當下覺得應該很適合妳——清霞看似難以啟齒地這麼咕噥。難道他一直獨自在煩惱將這份禮物送給美世的時機嗎？

這樣的清霞，讓美世將他跟樣貌如同他年幼時期的式神清的身影重疊。對一名比自己年長的男性，而且又是必須敬愛的未婚夫抱持這樣的感想或許是不妥的行為——儘管心裡明白，美世仍不禁嘴角上揚。

溫柔、笨拙、意外愛撒嬌、又常常表現出可愛一面的人。

這樣的人是自己的未婚夫，讓美世感到很幸福。

「老爺。」

「怎麼？」

為了掩飾自己害羞的反應，清霞刻意沉下臉。美世將髮簪放回這樣的他手上，然後

註6：一種絹織物。

轉身背對他。

「能請您幫我插上嗎？」

「……嗯。」

或許是稍稍鬆了一口氣吧，清霞的眼神看起來變得溫和了一些。他以相當熟練的動作，輕輕將髮簪插進美世的髮叢裡。

被未婚夫觸碰頭髮的感覺讓美世有些不知所措，彷彿不知道該將雙手雙腳擺在哪裡才好。髮簪插好後，美世再次轉身面對清霞，詢問他「您覺得如何？」

「這支髮簪適合我嗎？」

「嗯，一如我想的可愛。」

清霞坦率的稱讚，深深滲透至美世的心中。儘管這樣有些不像話，但她仍無法制止自己欣喜竊笑的反應。

印象中，美世第一次穿上連身洋裝時，清霞也給予了「很可愛」的稱讚。換作是其他一般女孩子，說不定會生氣抗議「你的感想就只有這樣嗎」的程度。

然而，清霞原本就相當不擅言詞。

這樣的他短短道出的一句「可愛」，便足以讓美世開心得不得了。

「謝謝您，老爺。以後我每天都會用這支髮簪。」

「就算沒有每天用也沒關係的。」

「不，春天的時候，我每天都會用它。因為它現在已經成為我的寶物了。」

語畢，美世想起自己其實也準備了一份禮物。

——每天。沒錯，美世第一次送給清霞的那條髮帶，他真的每天都會用來綁頭髮。

然而，遭到逮捕入獄時，清霞被毆打得渾身是傷，髮帶也在那時斷裂鬆脫，然後遺失。

「老爺，請您收下這個。」

美世將手探進布製手提袋裡，取出自己為他親手編織的新髮帶，然後微微踮起腳替清霞綁頭髮。

「這次是亮天藍色嗎？」

「您不喜歡嗎？」

「不會，謝謝。」

清霞笑著輕輕吐氣，然後閉上雙眼。眼皮闔上後，在他的下眼瞼處落下一片陰影的纖長睫毛，看起來也十分美麗。

未婚夫妻互相餽贈髮飾，好像會給人「這兩人到底在做什麼啊」的感覺。不過，這可是美世剛來到這個家時的重要回憶之一。

第一次約會的那天晚上，清霞送了她一把梳子；之後，美世則是以自己編織的髮帶當作回禮。

所以，這必定是最貼近兩人性情的相處方式。

「美世。」

「是。」

清霞將手環上美世腰際，溫柔地將她拉近自己，讓她的臉埋進自己胸口，再以雙臂緊緊擁住她。

「被關在地牢裡時，有妳在的這個家，以及過去那些平凡無奇的每一天，都令我思念不已。」

他沙啞的嗓音，比平時那種堅毅的感覺更脆弱一些。

「我原本以為短暫分開算不了什麼。看來，我似乎已經完全不能沒有妳在身邊了。」

「老爺……」

怦通、怦通。雖然算不上太激烈，但這加速的心跳聲究竟源自於誰呢？

已經讓美世徹底習慣的清霞的香氣。

一如美世沒有清霞就會活不下去，對清霞而言，美世同樣是必要的存在。清霞想必還不知道，聽到他這麼說，讓美世有多麼欣喜若狂。

而他也還不知道，美世滿盈的心意，幾乎足以讓她的身體脹破。

（我戀上了老爺。）

她不會再恐懼，也不會再猶豫不前。

只有在面對清霞時，她會試著變得任性。

就算這份心意會讓她受傷、被傷害，美世也打算接納自己的一切，全心全意談這場戀愛。

「妳就是我的生命，美世——希望妳能和我結婚。」

方才的第一句告白，像是夜空中的點點繁星那樣遙遠而模糊，但這次不一樣。清霞此刻道出的，是宛如緩緩溶解、滲透的雪片那樣輕柔、同時又確實存在的愛語。

這次，美世終於能坦率回應他的心意了。

「是，我很樂意……我愛您，清霞先生。」

美世輕輕以雙手環抱清霞的背。

黃昏時段結束的現在，夜晚的黑暗籠罩、隱藏了一切，只剩下玄關的燈光照亮兩人。不過，只要能感受到彼此的體溫，無論是多麼深沉的黑暗，美世覺得自己都不會心生恐懼。

倘若美世是清霞的生命，那麼，清霞就是美世這個存在的全世界。讓她蛻變成現在這個自己，喚醒她宛如槁木死灰的心的，就是清霞。

若是不幸分開，兩人想必都無法繼續活下去。

（我愛您。）

美世在心中再次對清霞告白。

希望我們能永遠在一起。

無論是幸福的此刻，或是幸福的未來，每一分、每一秒，她都想跟這個人攜手共度下去。

# 終章

這陣子，天開始亮得比較早，令人直打哆嗦的寒意也徹底消散。腳下的泥土地表面，除了冬天的枯草以外，嫩綠色的新芽也接二連三地冒出來。

從庭院仰望的這片天空，被幾片薄薄的雲層遮蔽著，因此顯得有些朦朧的陽光令人感受到一股春意。

百花盛開的季節將再次到來。

美世從後院的洗衣場抱起洗衣籃，拿到設置著晾衣架的院子裡來曬。

晾在竹竿上的衣物，在春風吹撫下輕柔擺動。

「呼～」

今天也是好天氣，所以衣服應該很快就能曬乾吧。看著全數晾完的衣物，美世吐出一口氣。

春天氣息變得更濃厚的最近，因為大喜之日即將到來，美世和清霞又開始過著忙碌奔走的每一天。有時是去參觀會場、有時是確認兩人的服裝搭配。

即使忙得暈頭轉向，一想到這些都是為了兩人的將來，美世就不覺得辛苦。

只是，清霞不僅是先前政變未遂事件中的關鍵人物，也是帝國屈指可數的名門當家。這樣的他要舉辦婚宴一事，已經成了大街小巷討論的話題。

這樣的狀況，讓美世變得更緊張，完全沒有能夠放鬆的閒暇。

開心的事情、辛苦的事情……雖然忙碌不堪，但這是美世至今為止的人生當中最充實的一段時光。

「美世。」

「老爺。」

美世轉頭望向呼喚聲傳來的緣廊，看到身型高挑清瘦的清霞站在那裡。他應該是結束了早上的鍛鍊後，已經沖澡更衣過了吧。

清霞套上草鞋走進庭園，來到美世身邊跟她一起仰望天空。

「老爺，請您看看這個。」

「看什麼？」

美世輕觸清霞的手臂，以手指示意他望向地面。

在爭相冒出地表的嫩綠色雜草之中，可以窺見蒲公英小巧的花苞。即使是平凡無奇的野花，在雜草叢中發現它的時候，還是令人莫名雀躍。

兩人一起蹲下來，近距離觀察這個在春季展露的生機。

「是蒲公英。春天到了呢。」

「是啊。」

沒有任何特別的事情發生，只是在交替的四季中度過的平凡日子。

光是能像現在這樣平穩地迎來春天，就讓美世開心不已。

「——如果妳願意的話……」

清霞一邊起身，一邊有些躊躇地這麼開口。對清霞突然變得嚴肅的語氣感到不解的美世，也跟著他一起站起來。

接著，清霞平靜道出的這個提議，是美世完全沒有預料到的。

「要不要在這個院子裡種一棵櫻花樹？就當作是……紀念我們結婚。」

在院子裡種櫻花樹。

聽到這句話的瞬間，美世腦中隨即浮現出淡紅色花朵在大樹枝上盛開綻放的鮮明景象。

聽說，在住家庭院裡種植櫻花樹，其實是一種觸霉頭的行為。

再加上庭院裡的櫻花樹，會讓美世憶起已經亡故、紅顏薄命的母親，所以在這一刻，她心中其實有各種複雜的思緒交錯來去。但另一方面，她也純粹渴望看到櫻花在這個院子裡盛開的光景。

「是……我覺得這樣……這樣很好。」

總覺得沒有真實感的美世，就這麼帶著恍惚的語氣這麼回答清霞。清霞看著這樣的她笑了。

「是嗎？那就這麼做吧。」

在今年種下樹苗的話，什麼時候會看到花開呢？

每當春天的腳步接近，就能滿心期待地倒數庭院裡的櫻花綻放的日子。等到花開的時候，說不定還能在這裡辦賞花大會。一邊眺望櫻花，一邊悠閒地品茗，感覺應該也別有趣味。

雖然連樹苗都還沒種下，美世內心的期待卻開始不斷膨脹。

回過神來的時候，紅著一張臉的她伸出手輕扯清霞的和服衣袖。

「非常……感謝您。」

能夠在這個家裡看到櫻花，確實令人開心。不過，除此之外，在院子裡種下櫻花樹，對美世而言還有另一層含意。得知清霞也明白這個含意，是最讓她欣喜的事。

她喜歡這個人——喜歡到即使遭遇一兩件觸霉頭的事情，也完全不會放在心上的程度。

屬於兩人的春天即將到來。

## 後記

好久不見。這次又讓各位久候了。

被喚作顎木轉眼已經過了三年半的時間。我是開始進入「哎呀，叫顎木或是叫あくみ，其實都無所謂吧？」這種境界的顎木あくみ。

在各位的一路陪伴下，回過神來，這個故事已經進展到第六集了。漫長的甘水篇（暫定）也終於告一段落——在這裡，我要宣布一個重大消息。

下一集將會是各位期待已久的皆大歡喜的內容（預定）！

哎呀，這條寫作之路真的很漫長呢。一開始，我原本只是打算在第二集的本篇故事結束後，以追加補充篇的形式來交代這椿人生大事，但不知為何變得波瀾萬丈……故事究竟是從什麼時候變得如此沉重，就連我自己都感到不解。但這次終於走到一如書名的收尾，讓我安心不已。

關於甘水篇，我有很多地方都是邊摸索邊下筆，不只是故事中的登場人物，我自己也從中學習到很多，讓我邊寫邊湧現深深的感慨。常聽到有人說在創作故事時，筆下的人物總會擅自採取行動，但我的情況的話，感覺比較像是故事在後頭推動我前進。

令人感激的是，開始寫這個故事後，我真的也得到許多珍貴的體驗。

該說是這些體驗的集大成嗎？《我的幸福婚約》確定要影像化了，而且還是動畫跟真人版電影一起來呢。我應該是在作夢吧。

還在為動畫化的消息開心不已時，真人版電影的企畫也跟著冒出來，幾乎讓我暈頭轉向。忙著寫原稿那時，我的腦袋簡直一片混亂，但我現在就已經開始滿心期待了！

一開始，是一個外行人所寫的小說出版成實體書，之後又被改編成漫畫、廣播劇、朗讀劇、動畫、真人版電影等等，版圖愈來愈大了呢……我果然是在作夢吧。

當然，在小說這邊，為了能讓大家今後也能看得開心，我會繼續力求精進，還請大家接下來也多多指教。

此外，高坂りと老師於 SQUARE ENIX 的《GANGAN ONLINE》連載的《我的幸福婚約》漫畫版，現在終於邁入小說第二集的劇情了。每一頁都能讓人情緒高漲的漫畫版，也請大家多多捧場。看了絕對會亢奮到滿地打滾喔！

這次，我依舊是仰賴各方人馬的支持協助，才得以推出這本作品。原本就已經很忙了，我卻讓責編大人身心都增加了不少負擔。不好意思，謝謝您總是這麼關照我。

然後是負責繪製封面插圖的月岡月穗老師。月岡老師畫的封面，每次都精美細膩到讓我想開心彈跳。這次的封面實為美不勝收……而且美世和清霞之間的距離也愈來愈靠近，真是太棒了。非常感謝您。

最後是選擇了這本作品的各位。我在這裡打從心底感謝一路陪我走到這裡的各位。託大家的福，我才能繼續創作下去。為了報答各位，如果本作能讓大家看得開心，是我的榮幸。

那麼，下一集再會。

顎木あくみ

熱銷150萬冊，以美味料理對抗命運，
讓人越看越餓的美食奮鬥故事！

# 妖怪旅館營業中 1~11

友麻碧／著　蔡孟婷／譯

「天神屋」座落於妖魔鬼怪棲息的隱世，是間老字號的妖怪旅館。善良的女大學生葵，某天突然被天神屋的「大老闆」抓走，他聲稱葵是祖父欠下巨債的「擔保品」，必須嫁入天神屋。不願從命的葵發下豪語——要憑自己的手藝在天神屋工作還債，卻引起妖怪們群情激憤……

定價：各 NT$280 ～ 320/HK$85 ～ 107

國家圖書館出版品預行編目資料

我的幸福婚約 / 顎木あくみ作 ; 許婷婷譯 .
-- 初版 . -- 臺北市 : 臺灣角川股份有限公司 ,
2023.04-
冊 ; 公分 . -- (Kadokawa light literature)

譯自 : わたしの幸せな結婚
ISBN 978-626-352-449-1( 第 6 冊 : 平裝 )

861.57 112001740

輕文學 Light Literature

# 我的幸福婚約 六

原著名＊わたしの幸せな結婚 六

作　　者＊顎木あくみ
插　　畫＊月岡月穗
譯　　者＊許婷婷

2023 年 4 月 20 日　初版第 1 刷發行
2023 年 8 月 1 日　初版第 2 刷發行

發 行 人＊岩崎剛人
總　　監＊呂慧君
總 編 輯＊蔡佩芬
主　　編＊李維莉
美術設計＊林慧玟
印　　務＊李明修（主任）、張加恩（主任）、張凱棋

台灣角川

發 行 所＊台灣角川股份有限公司
地　　址＊104 台北市中山區松江路 223 號 3 樓
電　　話＊（02）2515-3000
傳　　真＊（02）2515-0033
網　　址＊www.kadokawa.com.tw
劃撥帳戶＊台灣角川股份有限公司
劃撥帳號＊19487412
法律顧問＊有澤法律事務所
製　　版＊尚騰印刷事業有限公司
I S B N＊978-626-352-449-1